竜神の爪

天然流指南 2

久保智弘

時代小説

二見時代小説文庫

目次

竜神の爪《つめ》——天然流指南 2

第一章　胡蝶《こちょう》の舞い

一

内藤新宿《ないとうしんじゅく》の投げ込み寺、正覚寺《しょうがくじ》門前の美女殺し一件が、迷宮入り直前に解決したのは、天然流《てんねんりゅう》道場の働きがあったからだ、と面白おかしく言い触らす者がいて、この噂は瓦版《かわらばん》が摺《す》られるよりも早く、宿場街一帯に知れ渡ってしまった。深夜に殺された女の美貌《びぼう》が、人々の記憶に残っていたからだろう。

しかしそれはそれだけのことで、絵入りの瓦版が出たころには、あれほど評判になった街中の噂も、潮《しお》が引くように立ち消えになっていた。

この一件で儲けそこなったのは瓦版屋で、名を知られたのは天然流だ、あれはちょっと風変わりな道場だが、これを機に入門志願者も増えるだろう、おかげで天然流道場は大儲けだ、と囃《はや》し立てられたが、あまり当てにはならなかった。

人の噂はすぐに消えて、どこがどう変わったのか、わずかな痕跡《こんせき》さえ残さない。

天然流もやはり儲けそこなった口か、と皮肉交じりに冷やかす連中もいて、そんな噂を聞いた師範代の猿川市之丞《さるかわいちのじょう》は、いつになく苦《にが》りきってしまった。

いまは経営困難に陥っている天然流だが、街の噂を聞きつけて、入門を希望する者たちが殺到するのではないかと、ひそかに期待するところがあったのだろう。

移り気な街の噂とは裏腹に、天然流道場の門弟たちの間では、凶悪な下手人《げしゆにん》を斬った上村逸馬《うえむらいつま》に、果たして塾頭の「夕日剣《ゆうひけん》」が伝授されていたのかどうか、そのときばかりは恰好の話題になった。

もし夕日剣が伝授されるとしたら、塾頭の厳しい稽古に食《く》らいついてゆく、上村逸馬か牧野平八郎《まきのへいはちろう》、このどちらかに違いないと思われていたからだ。

「これは大ごとになるぞ」

気の弱い門弟たちは、道場の片隅で囁き合った。

「その噂がほんとうなら、上村に先を越された牧野が、おとなしく黙っているはずはないからな」

新弟子の上村逸馬と牧野平八郎が、日頃から角《つの》突き合わせていることを、天然流道場で知らない者はいない。

　このままでは何かが起きそうな、不穏《ふおん》な空気に恐れをなし、道場をやめてしまう者さえ出る始末だった。

　逸馬と平八郎の鍔迫《つばぜ》り合いが、ひと頃に比べて鎮火《ちんか》したように見えるのは、お互いに相容れぬ二人の反目《はんもく》が、夕日剣の伝授をめぐる争いに転じたからで、一触即発《いっしょくそくはつ》の火種は、いつまた発火するか分からなかった。

　夕日剣が逸馬に伝えられたとしたら、先を越された平八郎の胸中は、さぞかし煮えくり返っているに違いない。

「そうなれば、恐ろしいことになりそうだ」

　門弟たちは寄ると触ると噂するようになった。

　ただでさえ殺気を孕《はら》んでいる二人の仲だ。

「くわばらくわばら」

「あの連中のとばっちりだけは御免こうむりたい」

　塾頭の夕日剣がどちらに伝えられようと、さして高望みをしない門弟たちにとっては、どうでもよいことだったのだ。

　彼らが夕日剣に冷淡だったのは、秘剣の伝授などという大仰《おおぎょう》なことは、自分たちには関わりがない、と初めから諦めていたからだろう。

　そもそも、秘剣と言われる夕日剣の実態が、どのようなものであるかを知る者は、門弟たちには皆無だったと言ってよい。

　塾頭と親しい高弟たちにしても、そのあたりのところでは大同小異《だいどうしょうい》だった。

「あのとき逸馬が遣《つか》ったのは、果たして夕日剣だったんですかね」

　天然流道場の奥座敷では、師範代の猿川市之丞が首をひねっていた。

　通いの門弟たちを帰してから、洒楽斎《しゃらくさい》の書斎を兼ねた奥座敷に集まってきた高弟たちは、いつものように濁り酒を汲み交わしながら、好き勝手な話題に興じている。

　塾頭の津金仙太郎《つがねせんたろう》は席を外していたが、ほろ酔い加減になった市之丞は、師範代にあるまじきことを、口にしているとは気づかないらしかった。

　座が白けそうになるのを察した乱菊《らんぎく》が、あえて無邪気そうな顔をして言った。

「あたしは不覚にも昏睡《こんすい》しちゃって、あのとき何が起こったのか覚えがないけど、殺し屋の行く手に立ち塞がった逸馬さんが、逃げようとする骸骨《がいこつ》男を斬り伏せて、あの男に暗殺された大好きな姉上、実香瑠《みかる》さんの仇《かたき》を討ったんでしょ。鬼刻斎《きこくさい》は凶悪な殺し屋よ。仙太郎さん直伝《じきでん》の秘剣を遣わなければ、とても討ち果たせるような相手ではないわ」

乱菊はあの夜、離縁された奥方さまの行列に加わっていたが、暗闇坂《くらやみざか》で待ち伏せていた殺し屋に襲われて、危うく命を落とすところだったのだ。

身に寸鉄《すんてつ》も帯びていなかった乱菊は、鬼刻斎の鋭い一撃を、胸元に入れた銅鏡で受け止めたが、暗殺者が放った凄まじい突きの衝撃に、身体ごと弾き飛ばされて失神した。

もしあの場に仙太郎がいなければ、殺し屋が繰り出す二の太刀で、とどめを刺されていたに違いない。

それなのに乱菊は、あの晩のことを語って笑みを忘れず、非情な殺し屋に命を狙われた恐怖など、おくびにも出さない。

幼いころから「先読みのお菊」と呼ばれて、大人たちから気味悪がられ、芸者となってお座敷に出てからは、優雅で激しい乱舞を披露して、酔客《すいきやく》たちの評判を得たが、そのせいで芸者仲間からやっかまれ、生来《せいらい》の過敏さゆえに、同僚たちとの軋轢《あつれき》に苦しんできた。

繊細で傷つきやすく、壊れ物の玻璃《はり》細工のようだったあの娘が、生死の境に身を置いても、笑顔を忘れないようになったのだ、と師匠の洒楽斎もいまは安堵《あんど》している。

勘がよすぎる娘は不幸だ、と洒楽斎は思っていた。

少なくとも、世間並の幸せとは違ったところで、生きてゆかなければならないだろう。

乱菊はお座敷芸の「舞踏」で鍛えた動きを、先《せん》の先を読む「武闘」として磨き上げ、さらに天然流を極めることによって、降りかかる危難を乗り越えてきたが、これは極めて稀有《けう》な例で、勘のよすぎる者なら誰もが到達出来る境地ではない。

「先生はどう見られますか」

市之丞は師匠の洒楽斎に話を振ってきた。

「あれは闇の濃い晩であった。それゆえ、この眼でしかと確かめたわけではないが、上村逸馬が遣ったのは、たぶん仙太郎が工夫した夕日剣ではあるまい」

断定するような口調で洒楽斎は言った。

「それじゃ塾頭の夕日剣は、誰にも伝えることの出来ねえ、まぼろしの秘剣だとおっしゃるんですかい」

市之丞はがっかりしたのか安堵《あんど》したのか、いつものおどけた調子で問い返した。

「伝えられるほどの剣技なら、真っ先に師範代の市之丞に伝授するはずではないか。夕日剣はおそらく、仙太郎の思うようには完成しておらぬのだ」

そう言ったときの洒楽斎は、仙太郎と一緒に山籠もりをした、十数年前のことを思い出していたに違いない。

武者修行と称して人界《じんかい》を去り、春夏秋冬を深山幽谷《しんざんゆうこく》で過ごしたが、日課にしていた剣術の立ち合い稽古で、洒楽斎は三本に一本も、仙太郎を打ち込むことが出来なかった。

仙太郎の剣は、学べば遣えるような剣ではない。

天然自然に自得した剣を、他者に伝えるには無理がある。

そのことを思い知らされた洒楽斎は、夢想のうちに「天然流」を開眼《かいがん》したのだ。

天然流道場で塾頭を務める津金仙太郎が、門弟たちを教えることにあまり熱心でないのは、伝えようとして伝わらない虚《むな》しさに、苦しんでいるからに違いない。

「じゃあ上村逸馬は、みずからの力で殺し屋に勝ったんですかい」

それならそれで大したものだ、と師範代の猿川市之丞は素直に感心している。

洒楽斎は違う見方をしていた。

「あれは仙太郎が、逸馬に姉の仇を討たせたのであろう」

その機を逃しては、実香瑠を殺した骸骨男を、討ち果たすことは出来なかったのだ、と洒楽斎は言い添えた。

上村逸馬には何かよほどの事情があって、投げ込み寺門前で殺された若い女が、姉の実香瑠であることを、隠し通さなければならないらしかった。

それでは仇討《あだう》ち届けも出せないから、逸馬が町中で刀剣を抜けば、私闘と見なされて厳しい処分を免《まぬが》れない。

百姓町人なら重叩《じゅうたたき》か遠島の重いお咎《とが》め、武士ならば切腹というところか。

あのとき町方同心の杉崎《すぎさき》が、捕り方たちを率いて先に駆け付けていれば、実香瑠を殺した骸骨男は町奉行所に捕縛され、そうなったら逸馬は姉の仇討ちが出来なくなる。

「そのわずかな隙を突いて、仙太郎は逸馬に仇討ちの機会を与えたのだ。絶妙な読みというよりは、たまたま条件がそろっただけのことかもしれぬが」

殺し屋を取り逃した仙太郎が、鬼刻斎の退路を塞《ふさ》いだ逸馬に向かって、「夕日剣」を遣えば負けることはない、と大声で励ましたのは、闇にまぎれて乱菊を襲った殺し屋に、咄嗟《とっさ》の一太刀《ひとたち》をあびせていたからだった。

乱菊に必殺の居合いを仕掛けた殺し屋が、立ち塞がる逸馬と刃《やいば》を合わせたときは、仙太郎から致命傷を負わされていたに違いない。

だから逸馬は「夕日剣」を遣えなくても、鬼刻斎を討つことが出来たのだ、と洒楽斎は思っている。

「そこのところを、ご本人から聞いてみてえと思っているんですが、あれ以来どうしたわけか、塾頭も逸馬も、道場に姿を見せなくなったんですよ」

それだけではなく、いつも逸馬といがみ合っていた牧野平八郎の姿も、まるで符《ふ》牒《ちょう》を合わせたようにあの日から消えた。

「きっと芝金杉《しばかなすぎ》のお屋敷が大変なのよ」

乱菊はそっと眉を顰《ひそ》めた。

殺された奥女中（実香瑠）の身代わりになって、諏訪《すわ》藩の江戸屋敷に潜入していた乱菊は、殿さまから離縁されて藩邸を出る正室（福山殿《ふくやま》）に同行して、いわばお払い箱になった形で、厳重な大名屋敷から脱出することが出来たわけだ。

「危機一髪のところでしたな」

いまさらながら、ホッとしたように、市之丞は胸を撫で下ろした。

よその家の面倒事には関わらないほうがいい、と思っているからだ。

しかし、すでに関わってしまった乱菊は、どこかに未練を残しているらしい。

福山藩十万石の姫君が、諏訪安芸守《あきのかみ》（忠厚《ただあつ》）に輿入《こしい》れしてから十数年になるが、殿さまと正室の間にはお子がなかった。

嫡出《ちゃくしゅつ》のお子がなければ、側室のトメ殿が産んだ軍次郎君《ぐんじろうぎみ》を世子《せいし》に立て、諏訪家を継がせるのが順当だろう。

正室の福山殿はそう思って、軍次郎君をわが子のように可愛がり、殿さまの跡取りとして養育してきた。

ところが軍次郎君が生まれて三年後に、若い側妾《そばめ》のキソ殿が懐妊《かいにん》して鶴蔵君《つるぞうぎみ》を産んだ。

どちらも庶出子《しょしゅっし》だから継嗣《けいし》としての占有権はなく、そうなれば世子を決めるのは殿さま次第だが、江戸屋敷は側用人《そばようにん》の渡邉助左衛門《わたなべすけざえもん》が牛耳《ぎゅうじ》っているので、自分たちに都合のよい鶴蔵君を、世子に立てようと画策《かくさく》しているらしい。

そうなれば軍次郎君が邪魔になる。

軍次郎君に毒を盛ったり、あやしげな祈禱師《きとうし》に調伏《ちょうぶく》させている、という怪《け》しからぬ噂が流れた。

福山殿の御老女初島《はつしま》が、御用部屋に乗り込んで渡邉助左衛門を糾問《きゅうもん》したが、ぬらりくらりと言い逃れるばかりで埒《らち》があかない。

その直後に奥方さまが離縁された。

諏訪藩江戸屋敷では、新たに殿さまの近侍《きんじ》となった近藤主馬《こんどうしゅめ》や、世子の守役《もりやく》になった上田宇次馬《うえだうじま》が、世事に疎《うと》い殿さまの眼を覆《おお》い、耳を塞いで、あることないこと吹き込んでいるのだという。

　江戸藩邸に乗り込んできた佞臣《ねいしん》、近藤主馬と上田宇次馬は、いずれも渡邊助左衛門とは二重三重の婚姻で結ばれた縁戚で、藩政を預かる国家老、諏訪大助《だいすけ》と気脈を通じているらしい。

「あたしが知っているのはそこまでなの。それから先のことは、どうなっているのか分からない。いろいろなことを教えてくれた初島さまは、離縁された奥方さまと一緒に、芝金杉の藩邸を出られちゃったから」

　芝金杉のお屋敷では、側用人の渡邊助左衛門が推奨《すいしょう》した、おべっか使いの近藤主馬と上田宇次馬が、癇性《かんしょう》でわがままな殿さまの寵《ちょう》を得て、諏訪藩邸の主導権を握るようになっているらしい。

　奥女中に化けて藩邸に潜入していた乱菊には、奥向きの風聞《ふうぶん》しか耳に入らないので、それ以上のことは分からない。

　しかしそれだけ聞けば、長年にわたって燻《くすぶ》ってきた派閥争いの火種が、ややもすれば、爆発寸前になっていることは察知《さっち》出来た。

　乱菊の懸念《けねん》を読み取った市之丞は、

「まさか乱菊さんは、やっと抜け出してきたお屋敷に、また戻ろうなんて思っているんじゃ、ないでしょうね」

乱菊の気性なら、情に駆られて無謀《むぼう》なこともやりかねない。

「それは無理よ」

乱菊はすぐに打ち消した。

「あたしは藩邸を牛耳っているあの人たちに睨《にら》まれて、殺し屋まで差し向けられた女なのよ。戻れるはずはないじゃありませんか」

しかし、どこかすっきりしない。

「乱菊が気にしているのは、道場からゆくえを晦《くら》ました、逸馬と平八郎のことであろう」

これまで黙っていた洒楽斎が、憂鬱《ゆううつ》そうな顔をして呟いた。

「そうよ。諏訪藩邸で何かが起こったら、仙太郎さんに憧れて切磋琢磨《せっさたくま》してきた逸馬さんと平八郎さんは、二派に分かれた藩勢力の尖兵《せんぺい》として、斬り合わなければならなくなるかもしれないわ」

乱菊は心配そうに眉根を寄せた。

「そうなれば、せっかく先生が育てようとしている天然の芽が、刈り取られてしまうってわけですかい」

天然流道場の師範代をしている猿川市之丞には、道場主洒楽斎の忸怩《じくじ》たる思いが痛いほど分かる。

たとえ道場の経営は破綻《はたん》しても、あの連中が天然流を自得するまで、気長に見守ってやろう、と楽しみにしていた久しぶりの逸材《いつざい》が、仕えている藩内の騒動に巻き込まれて、潰されてしまうのではないか、と洒楽斎は危惧《きぐ》しているのだ。

「仙太郎さんが姿を見せないのは、あのふたりを追っているからよ」

乱菊は離縁された奥方さまの供をして、諏訪藩邸を出たあの晩から、こうなることを予見していたようだった。

「それじゃ、失踪《しっそう》したと思った逸馬と平八郎は、それぞれ違う派閥に属する藩の上士に呼び戻されて、将監橋《しょうげんばし》に近い拝領屋敷の侍長屋に住み込んでいるというんですかい」

おどけていた市之丞の眼が、甲賀《こうが》忍びに戻ったかのように鋭くなった。

「平八郎さんはたぶんそうよ。でも派閥が違う逸馬さんは、側用人の渡邊助左衛門が牛耳っている藩邸には、入れてもらえないかもしれないわね」

しかし両派の争いが、これから山場を迎えるとしたら、逸馬の居場所も藩邸から、そう遠いところであるはずはない。

「おそらく仙太郎も、彼らの近くに潜《ひそ》んでいるのであろう。いつも気ままに生きているように見える男だが、芝金杉に関わってからは、休む暇さえなくなったようだな」

誰に頼まれたわけでもないのに、困ったやつだ、と洒楽斎は大袈裟《おおげさ》に溜息をついた。

「そんな言い方をされてはお気の毒よ」

控えめな口調で乱菊は言った。

「仙太郎さんは、先生の紡《つむ》ぐ夢を、毀《こわ》したくないだけなのよ」

その思いは市之丞にしても変わることはない。

「その論だと、逸馬と平八郎が関わっているかぎり、あっしらは芝金杉とは縁が切れねえってことですかい。やれやれ、厄介《やっかい》な連中が迷い込んで来たものですな」

市之丞はいつものように愚痴《ぐち》をこぼした。

「いずれもわしの勝手な思いから始まったことじゃ。乱菊や市之丞には、とんだ迷惑を掛けてしまったが」

洒楽斎は脇差の鞘《さや》から笄《こうがい》を抜くと、照れ隠しのように、薄くなった頭髪を丁寧に梳《す》き始めた。

「乱菊さんが無理なら、こいつは昔取った杵柄《きねづか》、あっしが本来の甲賀三郎《さぶろう》に戻って、諏訪藩邸のようすを窺うことにいたしやしょう」

市之丞は頼もし気に胸を張った。

「助かるわ」

乱菊がホッとしたように笑みを浮かべると、

「誰かさんが奥女中に化けて、大名屋敷に潜り込むような無茶をしないで、初めからあっしに任せていたら、余計な心配をしなくても済んだんですがね」

市之丞は皮肉たっぷりな笑みを返した。

二

「あれは確か――」

四谷《よつや》の大木戸《おおきど》を出た雑踏の中で、すれ違った男に見覚えがあるような気がして、洒楽斎は思わずふり返った。

頭髪に白髪は交じっているが、骨太の体軀《たいく》はいまだ衰えず、背筋にも張りがあって、どことなく精気にあふれている。

「あの後ろ姿には見覚えがある」

一見さり気なく、それでいて寸分の隙もない、あの独特な足さばきにも覚えがある。

「あのような足さばき、自在に使いこなせる者が、他にいようとは思われない」

いやいや、そんなはずはない。

遠のいてゆく男の後ろ姿を眺めながら、洒楽斎の思いは、とうに忘れていたはずの、遠い記憶の底まで下りていった。

世にある限りの学術を究《きわ》めようと、若さゆえの客気《かっき》に逸《はや》っていたころ、尊王斥覇《そんのうせきは》（尊王討幕《そんのうとうばく》）の気運が兆《きざ》し始めた京都の町で、知り合ってすぐに意気投合したあの男と、夜を徹して議論したころのことを思い出す。

「歳月が経ても変わらぬあの後ろ影は、龍造寺主膳《りゅうぞうじしゅぜん》のものに違いない」

しかし、もしそうだとしても、気軽に声をかけることを憚《はばか》る気持ちが、洒楽斎のどこかに蟠《わだかま》っている。

それはあの男にしても、同じことなのかもしれぬ。

雑踏の中ですれ違った男が、もし龍造寺主膳だとしたら、いまから二十数年前に、禁中《きんちゅう》を震駭《しんがい》させた『宝暦事件《ほうれき》』に連座し、それ以来この世から姿を消した、と思われている人物だった。

龍造寺主膳と洒楽斎は、いずれも京に遊学して儒学や神学を学び、たちまち意気投合したかつての同志だったのだ。

宝暦八年（一七五八）、徳大寺公城《とくだいじきんき》、正親町三条公積《おおぎまちさんじょうきんつむ》、坊城中納言俊逸《ぼうじょうちゅうなごんとしはや》などの若手公卿《くぎょう》たちが、『日本書紀《にほんしょき》』などの国史を精読し、『近思録《きんしろく》』『靖献遺言《せいけんいげん》』『保健大記《ほけんたいき》』など新興の学説を、若き桃園《ももぞの》天皇に進講《しんこう》して、畏れ多くも禁中で、過激な空理空論にすぎない「尊王斥覇」を煽《あお》っている、という騒動が持ち上がった。

わずか七歳で即位した桃園天皇は、このとき血気盛んな十七歳。

主上《しゅじょう》が若手過激派に洗脳されるのを恐れた関白一条道香《いちじょうみちか》、近衛内前《このえうちさき》などの老公卿、武家伝奏《てんそう》役の広橋兼胤《ひろはしかねたね》、柳原光綱《やなぎはらみつつな》が、向こう見ずな息子世代の暴走を苦々しく思って、おそれながら、と京都所司代《しょしだい》に訴え出たのだ。

若い公家たちが尊王斥覇を唱えるのは、徳大寺家の庇護《ひご》を受けていた民間の学者、竹内式部《たけのうちしきぶ》の影響があったからだという。

竹内式部は越後《えちご》の医師の子に生まれ、家業を継ぐために京都に遊学したが、山崎闇《やまざきあん》斎《さい》の流れを汲む玉木葦斎《たまきいさい》に就《つ》いて儒学を修め、さらに闇斎の崎門《きもん》学派から垂加神道《すいかしんとう》を学んで独自な思想を形成し、洛中《らくちゅう》に学塾を開いて「尊王斥覇」「大義名分」を説くようになっていた。

若くして京に出た竹内式部は、伝手《つて》を頼って徳大寺家の雑掌《ざっしょう》となり、自立して学塾を開いた後も、主家の庇護《ひご》を受けていたらしい。

徳大寺家の嫡子公城は、式部の論説に心酔《しんすい》して早くから師事し、宮中の公家仲間にも薦めたので、式部の門に学ぶ若手公卿たちは、およそ数十人に及んだという。

京都所司代の松平右京太夫輝高《まつだいらうきょうだゆうてるたか》は、竹内式部に不審のことなし、と取り合わなかったが、しからば宮廷内の始末は宮廷内でと、関白一条道香は、徳大寺公城以下、二十人の若手公卿たちの官職を削り、蟄居閉門《ちっきょへいもん》、謹慎処分にしてしまった。

こうなると京都所司代も、竹内式部に不審なところなし、と押し切ることも出来ず、幕命をもって式部の一家親族を京都から追放した。

若手公卿たちの他に、八十人以上はいた竹内式部の門弟や、師の論説に共鳴して、内密に結社を組んでいた同志たちも、京都所司代の追放令を受けて僻遠《へきえん》の諸国に散った。

その中には、龍造寺主膳や、若き日の洒楽斎もいた。

京から追放され、あるいは身の危険を察知して逃亡した同志たちは、幕吏の追及を恐れて、互いに音信もないまま、味気ない余生を送っているという。

洒楽斎と東西に袂《たもと》を分かった龍造寺主膳のゆくえは、その後も杳として知れなかった。

あの男が消息を絶ってから、もう何年になるだろうか。

もし生きているとしても、すでに還暦を迎えているはずだし、噂に聞く主膳の経歴から言って、胸を張って江戸の町を歩きまわれるような男ではない。

あの男と出会い、あの男に共鳴し、ともに語り合った熱い日々は、いまも懐かしく思い出される。

しかしそれは青春の屈折として、酒楽斎がみずから封印してきた日々でもあった。

宝暦の時代に大義名分論を説いた竹内式部は、京から追放されるという、いまから思えば軽い処分だった。

いわゆる尊王思想そのものは、江戸の初めに徳川《とくがわ》御三家の水戸光圀《みとみつくに》が『大日本史《だおにほんし》』を編纂《へんさん》したころからあって、さほど危険視されていたわけではない。

竹内式部の処罰に、京都所司代があまり乗り気でなかったのは、式部の大義名分論が、光圀の流れに沿うものと理解していたからだろう。

しかし情勢は目まぐるしく移り変わり、わずかな歳月の間に事態は切迫してきた。

九年後の明和《めいわ》四年（一七六七）、甲州武田遺臣《たけだいしん》の流れを汲むという山県大弐《やまがただいに》は、江戸で私塾「柳荘《やなぎそう》」を開いていたが、門弟に上野国小幡藩《こうづけのくにおばた》の家老吉田玄蕃《よしだげんば》がいて、師弟の縁で小幡藩の内紛に巻き込まれた大弐は、謀反《むほん》の疑いあり、と密告されて牢に繋がれ、ろくな審議もないまま、その翌年には鈴ケ森《すずがもり》で処刑されてしまった。

山県大弐が著《あら》わした『柳子新論《りゅうししんろん》』には、たとえば次のような一節がある。

「政《まつりごと》の関東に移るや、鄙人《ひじん》其の威《い》を奮《ふる》い、陪臣《ばいしん》其の権を専《もっぱ》らにし、爾来《じらい》五百有余年、人唯《た》だ武を尚《とうと》ぶを知りて、文を尚ばざるの弊《へい》は、礼楽並壊《れいがくへいかい》し、士《し》は其の鄙に勝《た》へず、尚武《しょうぶ》の幣は、刑罰孤行し、民は其の苛酷に勝へず、俗吏乃《ぞくりすなわ》ち謂《い》う、文を用ふるの迂《う》は、武に任ずるの急に如《し》かず、礼を為すの難きは、刑を為すの易きに如かず」

これを現代語で意訳すれば、

「鎌倉《かまくら》に幕府が開かれて以来、田舎者（東国武士）が朝廷の権威を奪って、家来（征夷大将軍　源《みなもとのよりとも》　頼朝）のまた家来（執権北条氏《ほうじょう》）が政治権力を独占したが、それから五百年以上にわたって、連中（田舎侍）が専ら武力を奉《ほう》じ、文芸や学問を軽んじてきた弊害として、礼節や風雅はいずれも衰微《すいび》し、志の高い君子は無知な田舎者に虐《しいた》げられてきた。

歴代の政権が武力を推奨してきた弊害として、刑罰は人倫《じんりん》を離れて独り歩きし、人民はその苛酷《かこく》さに泣いているが、下《した》っ端《ぱ》役人（幕府の老中）どもは得意面《づら》をして、文化を重んじる政治は迂遠《うえん》で成果が出ないから、行政には武力を優先させる手っ取り早さを選ぶべきだ、礼節を重んじて難事を抱え込むよりも、厳しく刑罰を課して統治するほうが、よほどやり易い、などと理不尽なことを言っている」

という意味になり、江戸幕府のお膝元で、過激な反幕思想を説かれては、時の政権としては見逃しに出来ない過激派、と裁定されたのだろう。

山県大弐の処刑は熾烈《しれつ》を極めた。

連座する者はことごとく捕縛され、首魁《しゅかい》と目された山県大弐は斬首《ざんしゅ》のうえ獄門に晒《さら》され、高弟の藤井右門《ふじいうもん》も鈴ヶ森で断罪、他の門弟たちは牢獄に囚われ、残余《ざんよ》の者たちもことごとく江戸所払いの刑を受けた。

九年前に「宝暦事件」で京を追放された竹内式部は、江戸の山県大弐一党とは無縁だったが、式部が唱えた尊王斥覇や大義名分論が、過激な「明和事件」を誘発したという理由で、竹内式部は改めて遠島処分となり、八丈島《はちじょうじま》に流される途中に三宅島《みやけ》で横死《おうし》している。

巷《ちまた》の噂によれば、「宝暦事件」で京を追放された龍造寺主膳は、山県大弐の「明和事件」にも連座していたと言われている。

もしそれがほんとうなら、主膳はいまも指名手配を受けている政治犯で、江戸に舞い戻って市中を徘徊《はいかい》する、などという危険なことは出来ないはずだった。

「どういうつもりなのか」

龍造寺主膳らしき男の後ろ姿を見送っているうちに、洒楽斎は過去の亡霊にでも遭ったような不気味さと、若かりし日々への懐かしさと悔恨《かいこん》に襲われ、しばし茫然自失《ぼうぜんじしつ》して居るところを知らなかった。

それはほんの一瞬のことに過ぎなかったが、洒楽斎は時空《じくう》が錯綜《さくそう》したような、奇妙な思いに襲われたのだ。

そのときの洒楽斎は、なぜか足元が定まらず、ふわふわと宙に浮いているように感じて、全身が隙だらけになっていた。

武芸者として恥ずべきことだ、と咄嗟《とっさ》に自戒《じかい》したが、あれは果たして龍造寺主膳であったのかどうか、確かめようとしたときにはすでに遅く、過ぎし日を想起させたおぼろげな人影は、大木戸を抜ける雑踏の中に消えていた。

「それにしても年々歳々、日々が過ぎ去ることの目まぐるしさよ」

洒楽斎は胸の内で呟《つぶや》いた。

「この世を変えようと、思っていたことも確かにある。はるかに遠い日のことだ。わしも老いた。いまさら何が出来ようか。あのころ思い描いた夢のなごりは、もうどこを探しても無いのかもしれぬ」

夏の盛りはいつの日か過ぎて、内藤新宿には秋の気配が漂い始めていた。

「宝暦以来、なりを潜めていた龍造寺主膳が、もしまた江戸に出てきたとしたら、どこかで騒動が持ち上がらぬはずはない」

そのときは敵となって相まみえるか、それとも味方となって共に闘うか、いずれにしても、平穏無事では済ませられないような気がする。

洒楽斎の憂慮《ゆうりょ》は、やがて現実のものとなってゆくはずだった。

三

投げ込み寺門前の美女殺し一件が、一応の落着《らくちゃく》を見てから早くも半年が過ぎ、年号は安永《あんえい》から天明《てんめい》に変わっていた。

安永最後の正月となった八日、新材木町《しんざいもくちょう》にある和国餅《わこくもち》の調理場で、残り火の不始末から出火し、安普請の店舗は濛々《もうもう》と立ち上る白煙に包まれた。

その日は風が強かった。

阿鼻叫喚《あびきょうかん》して逃げ惑う人々を追うようにして、燃え広がる火焔《かえん》は、中村《なかむら》座、市村《いちむら》座の両芝居小屋に飛び移って、たちまちのうちに全焼した。

冬場は火事が多い。

乾燥して燃えやすくなった木造の家並みは、風に乗って飛び移る火の粉を浴びて、めらめらと火勢を強め、天を衝《つ》くほど勢いよく燃えた。

縦横《じゅうおう》に軒《のき》を連ねた繁華街を、蛇行《だこう》するように襲った猛火は、北風に煽られて火の粉を散らしながら、あたり一帯に燃え広がり、吹きまくる風に乗って、飛び移る火焔は渦巻くようにまき散らされ、人家の密集している霊験島《れいがんじま》一帯を焼き払った。

三月十八日には九州大隅《おおすみ》の桜島《さくらじま》が噴火し、火口から流れ出る赤褐色の溶岩が山裾を焼き、凄まじい爆発が間歇的《かんけってき》に続いて、山容が一変したという風聞《げん》が飛び交った。

年頭から災害に見舞われるとは不吉極まる、このようなときは験を改めるに如《し》かずと、暦博士《れきはかせ》は帝《みかど》に奏上《そうじょう》し、天下を安んずること永くは望めなくとも、せめて天は明らかにあれと願って、四月十三日には「天明」と改元《かいげん》された。

年号は改まったが、その後も高岡《たかおか》の米騒動、羽前村山《うぜんむらやま》の打ち毀《こわ》し、と各地で窮民たちの蜂起《ほうき》が勃発《ぼっぱつ》した。

人災、天災、騒動の種は尽きなかったが、江戸の下町は火事場の復興でかえって賑《にぎ》わい、この世は何ひとつ変わることなし、宵越《よいご》しの銭は持たねえ、と見栄を切った江戸っ子たちは、明日を思い患うこともなく、その日暮らしの太平楽を決め込んでいた。

内藤新宿の天然流道場でも、日々の暮らしぶりが変わったわけではない。

通い稽古の門弟たちを帰すと、その日の仕事を済ませた高弟たちは、例によって奥座敷に集まり、道場主の酒楽斎を囲んで、気ままな酒宴を楽しんでいた。

燗冷《かんざ》ましの濁り酒に、つまみといっても、焼き味噌と熱々の大根煮しかなかったが、寒空に焼け出された窮民たちのことを思えば、これでも極楽極楽、と言うべきだろう。

「芝金杉の動きが、かなり頻繁《ひんぱん》になってきましたが、どうにも人の動きが読めねえところがあって、思いの外《ほか》に往生《おうじょう》しているんですがね」

諏訪藩邸の動向を調べるために、探索方を買って出た猿川市之丞が、面目《めんぼく》なさそうな顔をして酒楽斎に告げた。

奥女中に化けて邸内に潜入した乱菊と違って、天井裏や床下を這いまわる市之丞の調べは、いずれも隔靴掻痒《かっかそうよう》で、騒動の本筋が読み取れなかった。

「乱菊さんが奥殿にいねえことには、どうにも邸内の動きがつかめねえんで」

市之丞は柄《がら》にもなく落ち込んでいた。

奥女中に化けた乱菊が、たまたま御老女の初島《はつしま》に信任され、藩の機密まで教えてもらえたから、邸内に忍び込んだ市之丞は、甲賀者らしい働きをして、乱菊との繋ぎ役に徹することが出来たのだ。

しかし小藩とはいえ、大名屋敷の人事は煩雑《はんざつ》で、天井裏から覗き見ただけでは、誰がどのような動きに関わっているのか、見分けることは困難だった。

「あたしが憶《おぼ》えているお屋敷のようすと、市之丞さんが調べた最近の動きを、突き合わせてみたらどうかしら」

乱菊の記憶を頼りに、そこはこうなって、ああなって、と補いながら、諏訪藩江戸屋敷の図面を引き直してみたが、これが思いの外に手間取って、突き詰めれば突き詰めるほど、かえって不分明なところが出てくる始末だった。

市之丞が聴き取った屋敷内の人事も、変に目まぐるしくて、ちょっとでも気を抜いていると、前後の脈絡《みゃくらく》が分からなくなる。

「ところで、先生が気になさっている、逸馬さんと平八郎さんの角突き合い。その後はどうなっているのかしら」

乱菊は心配そうに訊いた。

「もともとそれが気になって、芝金杉のお屋敷に忍び込んだわけですがね」

藩邸には長く高い外壁に沿って、江戸住みの藩士たちが居住する侍長屋が並び、上村逸馬や牧野平八郎のような下士《かし》の子弟は、窮屈《きゆうくつ》な片隅に押し詰められて雑魚寝《ざこね》している。

塀沿いに建てられた侍長屋は、風通しが悪くて床も低いので、縁の下に忍び込むことも容易ではない。

「狭い床下に無理して忍んでも、少しでも身動きすれば、薄板張りの床板にごろ寝している、下っ端侍どもに気づかれて、床下に向けて刀身を突き立てられたら、練達の忍びでも避けようがありませんや。かつて甲賀三郎と呼ばれていた忍びの名人も、こうなったらお手上げですよ」

天井裏に忍ぼうにも、下級藩士が宿泊する侍長屋は、曲がりくねった梁《はり》が剝き出しで、天井板など張ってないから身の隠しようがない。

「侍長屋の梁は頼りないほど細く、屋根板の覆《おお》いも低いから、隠れようにも隠れ場所はなく、軒が低い梁の上を這って歩くことも出来ません」

そのうえ侍長屋では、大勢の藩士たちが雑魚寝しているので、たとえ逸馬や平八郎を見つけても、連絡の取りようがないのだという。

「忍び込んでみて分かったんですが、逸馬と平八郎は、藩士と言ってもほんの下っ端で、武士の数にも入らねえ連中のひとりです。藩邸に出入りする有象無象《うぞうむぞう》の中から、あの連中を捜し出すのは難儀でしたよ」

こんなところで身の危険を冒しても、それに見合うほどの収穫はない。

そこで市之丞は方針を変え、人の出入りが激しくなった藩邸の動きを探ろうと、天井が高くて床下も広い表御殿に忍び込み、殿さまが優雅に暮らす黒書院《くろしょいん》や、正室（離縁された福山殿）が住んでいた奥殿《おくどの》（いまは側室のキソ殿が住んでいる）の天井裏に潜んで、聴き耳を立てるやり方に切り替えた。

藩邸は側用人の渡邊助左衛門に牛耳《ぎゅうじ》られていたが、奥方さまが離縁されてからは、お気に入りの近習《きんじゅ》となった近藤主馬が、殿さまを盾にして意のままに振る舞い、上田宇次馬も世子の守役となって、側室のトメ殿が産んだ軍次郎君を、手なずけようとしているらしい。

「まだ斬り合いはしていませんが、逸馬は三之丸《さんのまる》派、平八郎は二之丸《にのまる》派と呼ばれる派閥に縛られて、わけの分からない下働きをさせられているようです」

市之丞は微妙な顔をしている。

逸馬が侍長屋に入ったとしたら、諏訪藩邸は二之丸派一色ではなく、邸内には三之丸派の勢力も残存しているのかもしれない。

「ふたりとも藩邸に入ったからには、そう簡単に斬り合いにはならぬであろう。諏訪藩はわずか三万石の小大名。ほとんどの藩士たちが顔なじみで、いわば互いに親戚のようなもの。両派が如何に対立しようと、将軍家から拝領した江戸屋敷で、藩士同士が斬り合うようなことはまずあるまい」

酒楽斎はどこか沈鬱《ちんうつ》な顔をして、妙に楽観的なことを言っている。

めずらしいことだわ、と乱菊は何故か気になった。

「先生のお顔が晴れないのは何故かしら。何か別なことを、考えていらっしゃるみたいですね」

酒楽斎は咄嗟に作り笑いを浮かべて、

「いやいや。気にするほどのことではない」

と誤魔化そうとしたが、乱菊は拗《す》ねたような甘い声で、

「でも、気になるわ」

と追及の手を緩《ゆる》めない。

酒楽斎はやれやれと思って、

「繋がらないことを無理に繋げようとして、思い届していただけだ」

わけの分からないことを言って、乱菊の問いかけをはぐらかそうとした。

この世と消息を絶っていたはずの龍造寺主膳が、あえて身の危険を冒してまで、江戸表《と》に出てきた理由は何なのか。

解けない謎を解こうと考え込んでいたのを、妙にお節介なところがある乱菊に、見咎められてしまったようだった。

「このお部屋は、独りで思い悩むところではないわ。ここには共に一喜一憂する仲間たちがいる。先生はいつも、そうおっしゃっていたじゃありませんか」

酒楽斎の抱えている屈託《くったく》が、師匠思いの乱菊には気になるらしかった。

あれは封印したはずの過去だった。

四谷の大木戸で、「宝暦ノ一件」以来、ゆくえの知れなかった龍造寺主膳を見た、と思ったのは錯覚かもしれず、確かでないことを弟子たちに告げて、余計な心配をさせたくない、と酒楽斎は思っている。

「そうであったな。これは一本取られてしまった。乱菊はこのところ、天然流のお目付け役にでもなったようじゃな」

酒楽斎は冗談に紛《まぎ》らせて笑い飛ばした。

「先生のおっしゃるとおりです。繋がらないことを無理に繋げようとしても、労多くして功少なし、と言いますからね。妙に錯綜している諏訪藩の動向を調べても、わけの分からねえ無駄骨を折るだけです。このあたりで手を引いたほうがよくはありませんか」

　お人好しの市之丞は、洒楽斎が屈託しているのは、時々刻々と移り変わる、諏訪藩の動きがつかめないからだと勘違いして、よその家のゴタゴタに首を突っ込むのはやめたほうがいい、という持論を蒸し返したらしかった。

　執着はよくない、と市之丞は思っている。

　抜け忍狩りを恐れて旅役者に化け、洒楽斎と出逢って天然流を学び、内藤新宿に開いた天然流道場の師範代になった猿川市之丞は、前後まったく繫がりのなさそうな、人生の変転を素直に受け入れてきた。

　そのほうが楽だし自然なのだ。

「そうね。藩邸に戻った逸馬さんと平八郎さんは、雑用に追い使われているようだから、この二人が斬り合うことは、当分の間ありそうもないような気がする。市之丞さんには、天井裏を這いまわったり、縁の下に潜り込んで蜘蛛の巣だらけになるより、小生意気な門弟たちに慕われる、苦労性の師範代のほうがお似合いよ」

　いつも市之丞を揶揄《からか》う乱菊が、今夜は妙に優しかった。

　落ち込んでしまった市之丞に、女らしい気持ちで同情しているらしい。

「芝金杉の一件は、もともとあたしのわがままから始まったことよ。めんどうなことに付き合ってくれた市之丞さんや、夜も寝ずに守ってくれた仙太郎さんには、言い尽くせないほど感謝してるわ。皆さんに迷惑ばかりかけて、ほんとうに悪かったと思っている。でもそんなことは忘れて、今夜はみんな一緒に、楽しいお酒を飲みましょうよ」

しかし今夜はいつもと違って、津金仙太郎が欠けている。

乱菊は濁り酒の徳利を捧《ささ》げるようにして、上品に膝を遣いながら、するすると市之丞のところまで擦り寄った。

乱舞の所作は酒席でも崩れない。

あたかも蝶が舞うような仕草に、すっかり機嫌を直した市之丞は、残り酒を一気に呷《あお》ると、空《から》になった欠け茶碗を差し出して、嬉しそうな顔をして乱菊のお酌を受けた。

一口だけ酒をすすると、市之丞は思わず舌鼓《したつづみ》を打って、

「こんなにうめえ酒は初めてですぜ。これぞ天下の美酒。生きていてよかったなあと、つくづく思いますね」

酔うと市之丞はさらに饒舌《じょうぜつ》となって、愚痴も喜びもかなり大袈裟《おおげさ》になる。

「気が乗らねえことはしねえほうがいい。埃《ほこり》だらけで蜘蛛の巣が張った縁の下を、ド

ブ鼠のように這い回るのは懲《こ》り懲《ご》りです。身動きも出来ねえ暗闇に這い込んだ途端に、薄張りの床を通して、鋭い切っ先を突き出されたときは、これで終わりか、と肝《きも》を冷やしましたぜ。瘦せても枯れても甲賀の抜け忍だ。下らねえ死に方だけはしたくねえ、こんなところで死ねるか、と思って呻き声一つ立てず、着物の片袖で刀身に付いた赤い血を拭って、その場はなんとか遣り過ごしましたが、昔取った杵柄とはいえ、さすがの甲賀三郎も、忍びの腕が鈍ったようで情けない話です」

そんなことないわよ、と乱菊がしなやかな手つきでお酌をすると、

「乱菊さんが奥勤めしていたころは、お屋敷に忍び込むのが楽しかったな。今回の忍びは、出てくる連中が渡邊助左衛門や近藤主馬、上田宇次馬などという小悪党ばかり。見ても聞いても楽しくはねえ。あいつらの声を聴いただけで、こちとらは反吐《へど》が出そうになる。芝金杉に通うのが楽しかったのは、お屋敷に乱菊さんがいたからだと、心の底から思い知りましたぜ」

酒に酔ったのか優しさに酔ったのか、市之丞は嬉しさのあまり、乱菊を相手にくだくだと喋り続けた。

「なにが天下の美酒か。それはいつもの濁り酒だ」

洒楽斎も機嫌を直したらしく、陽気な声で市之丞を揶揄った。

「江戸一番の色男が、言葉巧みに器量よしを口説《くど》いているのを見ると、歌舞伎芝居の色悪《いろあく》みてえで、檜舞台《ひのき》で見るよりも見応えがある」

乱菊は袖口で唇を隠して笑いを抑え、

「先生、それほどお気に召したお芝居なら、ここはひとつ奮発《ふんぱつ》して、席料をはずんでやってくださいな。皆さん、まだ飲み足らないようですから、そのお金であたし、おいしいお酒を買い足してくるわ」

すうっと立ち上がって、裾《すそ》に緋牡丹《ひぼたん》を染め付けた女羽織を、ふんわりと纏《まと》う乱菊の仕草は、日頃から見慣れているはずの市之丞にも、後光《ごこう》がさすほどまぶしかった。

ほろ酔い加減になった乱菊の所作は、心なしかいつもより艶《つや》があって、乱舞で鍛えられた流れるような動きは、翅を広げた揚羽蝶の、優雅な羽ばたきを思わせた。

「待て待て。まだ席料を払ってはおらぬぞ」

洒楽斎が急いで財布を渡そうとすると、乱菊は匂うような笑みを浮かべて、

「あら、そんな真面目な顔をなさって。あれはほんの冗談ですよ。前払いとおっしゃるなら、十年二十年先の支払いまで、十分すぎるほど受け取っていますわ。先生にお逢いしてから、人がましいお心づけを、沢山いただいているんですもの」

博多織の帯に挟んだ、紅柄の財布をポンと叩くと、色褪せてしまった畳の上を、音

もなく滑るようにして廊下へ出た。

後を追おうとする洒楽斎を、市之丞が笑いながら引き留めた。

「先生、気にすることはありませんよ。われわれの中では乱菊さんが、一番の稼ぎ手なんですから。今夜は奢《おご》らせてやるほうが功徳《くどく》ですぜ」

市之丞は乱菊からお酌されたことで、いつもの元気を取り戻したようだった。

四

無骨《ぶこつ》で飾り気のない天然流道場に、底光りする朱漆《しゅうるし》を塗り籠めた、華奢《かしゃ》な造りの女駕籠が乗りつけられた。

「なんだ、なんだ」

雑駁《ざつぱく》で喧噪《けんそう》に満ちた宿場町には、滅多《めった》にないことなので、内藤新宿をうろついていた暇人たちが、いつの間にか寄り集まって、場違いなところに迷い込んだ、朱塗りの女駕籠を遠巻きにして、勝手なことを言って騒いでいる。

「さては高貴な姫君の御輿《おこし》入れか」

「まさか、こんな貧乏長屋に」

「しかもこのあたりは、世を拗ねた変人奇人の溜まり場で、およそ色気とは縁のねえ、むさ苦しい連中がたむろしている剣術道場だぜ」

「たまに出入りしているのは、行儀見習いに通う町娘ばかりさ」

「だがこの道場の師範代は、役者のような好い男だと聞いているぜ」

「大根役者か色悪か、そんなこたあ知らねえが、もし評判どおりの色男なら、こんな掃き溜めのような裏店《うらだな》に、いつまでも燻《くすぶ》っているはずはねえだろう」

「まんざら嘘でもねえらしい。ここの師範代が、まだ旅役者をしていたころの話だというが、縁日で賑わう石神《しゃくじん》さまの境内で、江戸一番の色男、と仰々《ぎょうぎょう》しい看板を掲げた猿川一座の、歌舞伎芝居を見るのが楽しみだった、と言っている熱心な贔屓筋《ひいきすじ》もいるらしいぜ」

「そんなこたあどうでもいいが、どこか由緒あるお屋敷の、世間知らずのお姫さまを、キザったらしい芝居のセリフで、垂《た》らし込んだとしたら許せねえ」

女駕籠には屈強な供侍が付いていて、もし無礼を働く者がいたら、容赦《ようしゃ》なく取り押さえようと身構えているらしい。

物見高い野次馬たちは、ただ天然流道場を遠巻きにしているだけで、朱塗りの女駕籠に近づく者はいなかったが、狭い路地はたちまち人垣で埋まって、素通りも出来ないほどの騒ぎになった。

しばらくすると、天然流の女師匠が、道場の玄関口に姿を見せ、先ほど訪ねてきた武家娘に促されて、朱塗りの女駕籠に乗り込んだ。

親し気に話しているところを見ると、女たちはこれが初対面ではなく、以前から親しくしていた間柄のようだった。

意外なことに、品《ひん》のよさそうな武家娘は、朱塗り駕籠の後に従って、得体の知れない女師匠の供をするつもりらしい。

もうひとり、のっそりと道場から出てきた、着流しの若い男が供に加わり、護衛として付いてきた屈強な男を後ろに従えて、朱塗りの女駕籠は静々と進み始めた。

それを見ていた野次馬たちは、狐にでも取り憑かれたような顔になり、おとなしく道を開いて、女駕籠の一行を見送っている。

「変人道場の女師匠が、どこぞの殿さまから美貌《びぼう》を望まれて、輿入れするのではなかろうか」

と言う者もいたが、

「まさか、そんなことがあるもんか。あの女師匠ときたら、いかにもおしとやかに見えながら、じつはとんだ跳ねっ返りで、夜道で襲ってきた暴漢たちを、片端から泥田に投げ込んで、平然としていたという話だぜ」

とすぐに打ち消された。

すると調子に乗って、

「似たような話を聞いたことがある。つい先だっての晩、店を閉めようとしていた酒屋の老爺《おやじ》が、若い女から声をかけられて、薄明りの中を透かし見ると、まるで雪女のように綺麗な女で、ひとめ見ただけで魂を抜かれ、ぞくぞくと背筋が寒くなったという。その日は恐ろしく蒸し暑い晩だった。

こんな真夏に雪女でもあるめえ、と勇《ゆう》を鼓《こ》してよくよく見ると、いつも酒を買いに来る馴染み客なので、やれやれ物《もの》の怪《け》ではなかったのかと安心して、女が大切そうに抱えてきた空壺の中に、いつもの濁り酒を入れてやろうとすると、今夜はいつものお酒ではなくて、この店で一番上等の清酒を頂戴、と気取ったことを言うから、取って置きの灘《なだ》の生《き》一本を、高値で売ってやったということだ。

おあしを貰うときになって、ふと気がつくと、女はだいぶきこし召しているらしく、プーンと好い香りが匂ってきた。あれは酒の香りではなく、酒精《しゅせい》に誘われて柔らかい肌から匂い出た、女の芳香だったかもしれねえ、と老爺は年甲斐もなく、怪《け》しからねえことを思ったという。

するとなんだか怖くなって、この女は夜中に酒が足りなくなって、買い足しに来たに違《ちげ》えねえ。この酒を今宵もひとりで飲むつもりか。綺麗な顔をしているくせに、これまでに見たこともねえ、とんでもねえ大蟒蛇《おおうわばみ》だぜ、と酒を売るのが商売の、業界では古狸《ふるだぬき》と言われている酒屋の老爺が、腰を抜かすほど驚いていたという。あとで聞くとその女は、天然流道場の女師匠だったらしいぜ」

見てきたような嘘を言う者もいて、野次馬どもは供侍を従えた朱塗りの女駕籠が、曲がりくねった街角に消えるまで、ザワザワ騒ぎながら見送っていたが、根も葉もない噂話にも飽きたのか、潮が引くように消えていき、野次馬でごった返していた宿場の裏小路に、やがて誰もいなくなった。

五

乱菊を乗せた朱塗りの女駕籠は、内藤新宿から雑司ヶ谷《ぞうしがや》の福山《ふくやま》藩下屋敷まで、四人の担ぎ手が、交互に肩を入れ替えて息を繋いだが、駕籠の担ぎ手を頻繁に入れ替え、終始一貫して歩調を変えることがなかった。

乱菊は切れ長の眼を見開いて、細木を組み合わせた朱塗りの簾《すだれ》越しに、めまぐるしく移り変わる外の景色を見ていた。

通り過ぎる街の風景が、駕籠の角度によって違った風情に見えるのが新鮮で、お屋敷に着きましたよ、と付き添ってきた腰元の掬水《きくすい》に声をかけられるまで、乱菊は退屈ということを知らなかった。

「よく来てくれましたね」

自室に迎え入れた初島は、ホッとしたように乱菊をねぎらった。

「お久しゅうございます。わざわざお迎えをいただいて、ほんとうに痛み入ります」

乱菊はしなやかに腰を折って、結いたての高髷を深々と下げた。

「そなたが参るのを、首を長くして待っていたのですよ」

咎めているのではなさそうだった。

離縁された御正室さまの行列を、福山藩の下屋敷まで送り届けると、乱菊はそれとなく御老女に暇《いとま》乞いをして、芝金杉の諏訪藩邸には戻らなかった。

側用人の渡邊助左衛門に、不気味な殺し屋を差し向けられた乱菊が、芝金杉の藩邸から姿を消すのは当然で、そのことを怪しむ者は誰もいなかった。

あの晩は、息を荒らげて駆け付けた洒楽斎をはじめ、虚無僧《こむそう》姿の津金仙太郎、忍び装束に身を固めた猿川市之丞に、実香瑠の仇討ちを果たした上村逸馬が加わって、久しぶりに会った乱菊を、凱旋《がいせん》将軍のように迎えてくれたので、お屋敷で世話になった御老女初島との別れも、慌ただしく素っ気ないものになってしまった。

それきりで消息を絶った乱菊には、これも痛みのひとつになっている。

あれから半年が過ぎ、芝金杉の記憶も薄れがちになってから、職を解かれて、お屋敷を去った御老女のお招きを受けようとは思わなかった。

そもそも御老女の初島は、どんな手を使って乱菊の居場所を捜し出し、どんなつもりで朱塗りの女駕籠まで用意して、奥女中に化けて藩邸を探っていた女を、至れり尽くせりの礼を尽くして、迎え入れたのだろうか。

乱菊は神妙に顔を伏せた。

「あたくしは、御老女さまを欺《あざむ》いていたのです。そのことがずっと心苦しく、いつか罰を受けるものと、覚悟しておりました」

雑駁な内藤新宿の、貧し気な裏店が犇《ひし》めく天然流道場に、貴女《きじょ》が用いる朱塗りの女駕籠を担ぎ込ませたのは、いかにも強気な初島らしい、有無を言わせない遣り口だった。

乱菊さんにお逢いしたい、と玄関口で切り出されたときは、どうしてここが分かったのかと驚いたが、使者に立った腰元が顔なじみの掬水だったので、まあ、お懐かしい、皆さんは、どうしていらっしゃるの、と思わず手を取り合って、門弟たちが竹刀を打ち合っている汗臭い道場を避けて、脇の廊下伝いに奥座敷へ案内した。

書物に埋もれた奥座敷では、天下の怠け者と自称する洒楽斎が、めずらしく書見台に向かって調べ物をしていた。

この部屋お借りします、と乱菊は有無を言わさず道場主を追い出し、呆《あき》れ顔をしている不意の珍客を、どうぞ遠慮なく、とわがもの顔に招き入れた。

「あなたの居場所を捜すのに、ずいぶん骨を折りましたよ」

掬水は恨みがましく言ったが、乱菊が奥女中に化けて、藩邸に潜入していたことを、咎めているわけではなさそうだった。

「むさ苦しいところで驚いたでしょう。こんなところを御老女さまに見られたら、たばかったな、とお手打ちにされるかもしれませんね」

「大名屋敷に勤めている奥女中が、必ずしも名家名門の子女とは限りませんよ。あたくしの実家も、あなたと似たり寄ったりの素性《すじょう》ですから」

掬水は如才《じょさい》なく言葉を飾ったが、何故ここが分かったのか、御老女の初島がどんな理由で乱菊を呼び寄せたのか、肝心なことになると何も答えてはくれなかった。

奥座敷から出るころになって、

「芝金杉屋敷に忍び込んだとき、あっしは天井裏から御老女を観察していたが、なかなか厳しそうな女性《にょしょう》だった。乱菊さんが奥女中に化けていたことを知って、よくも騙しおったなと、成敗《せいばい》するつもりで呼び寄せたのかもしれませんぜ。行かねえほうが身のためだな」

どこで聴き耳を立てていたのか、市之丞は女駕籠に乗ろうとする乱菊を引き留めた。

「何ごとも無いとは思いますが、念のためにわたしが付き添います」

どこから姿を現したのか、さっぱりした着流し姿の津金仙太郎が、いかにも供侍のような顔をして、乱菊が乗った女駕籠の後に続いた。

「仙太郎がいれば安心だ。行かせてやれ。迎えの女駕籠は貴女への礼儀。受けぬわけには参るまい」

洒楽斎が鷹揚《おうよう》に頷いたので、乱菊はすっかり安心して、どんな思惑が隠されているのか分からない急な呼び出しに、躊躇《ちゅうちょ》なく応じることが出来たのだ。

乱菊をそんな気持ちにさせたのは、信頼してくれた初島を欺《あざむ》いていたことに、言い難い痛みを覚えているからだろう。

「そのことで呼び寄せたのではありません」

初島はかぶりを振った。

「そなたを招くように申されたのは、このお屋敷に逼塞《ひっそく》なさっている奥方さまなのです」

あたしの奥勤めは、まだ終わったわけではなかったのかもしれない、と乱菊は釈《しゃく》然《ぜん》としない思いにとらわれた。

六

迷宮入りになると思われた「投げ込み寺門前の女殺し一件」の真相を探るために、奥女中に化けて諏訪藩邸に潜入し、そこで判明した実香瑠殺しの下手人を、弟の逸馬が討ち取ったことで、諏訪藩邸に潜入した目的は果たした、と乱菊は思っていた。

市之丞が言うように、よその家のゴタゴタに、口をさし挟むつもりなど、乱菊にはなかった。

たまたま御老女の信任を得て、離縁された奥方さまを、退去先までお送りすることになったが、これはいわば付け足しに過ぎず、実香瑠殺しの下手人を特定したことで、あたしの任務は完了、と乱菊は思っていた。

しかし御老女の初島からすれば、不気味な殺し屋に襲われたあの事件は、むしろ何ごとかの始まりであったのかもしれなかった。

「奥方さまは、藩邸を出るのは致し方ないが、残された軍次郎君の行く末が案じられる、とおっしゃっておられるのです」

殿さま（忠厚）は正室（福山殿）との間にお子がなく、奥方さまから勧められた侍女（トメ殿）を側室にして、庶出《しょしゅつ》とはいえ、第一子の軍次郎君を儲けられた。

「奥方さまはトメ殿が産んだ軍次郎君を、わが子のように可愛がっておられましたが、その三年後には、側妾のキソ殿が鶴蔵君をお産みになったので、何かと奥方さまを煙たがっていた殿さまの御寵愛は、若くて綺麗なキソ殿に移り、それを知った渡邊助左衛門は、軍次郎君を亡きものにして、鶴蔵君を御継嗣に立て、殿さまのご機嫌を取り結ぼうとしていたのです」

そのあたりの事情は、芝金杉で見聞きしていたことなので、乱菊にもよく分かっている。

「側用人の渡邊助左衛門は、殿さまに近藤主馬と上田宇次馬を薦めて、主馬は殿さま付きの近習となり、宇次馬は世子の守役となって、軍次郎君を監視することになったのです」

　そのことも乱菊は知っている。

「つまり、わたくしが取り仕切っていた奥殿に、あの者たちがずかずかと、土足で踏み込んで来たのです」

　さらに軍次郎君の暗殺まで企てたことに、初島は堪忍袋の緒が切れて、右腕と頼む乱菊を従えて、側用人渡邊助左衛門の役宅に乗り込み、きつく叱りつけたことも記憶に新しい。

　近藤主馬と上田宇次馬は、江戸屋敷を二之丸派の勢力で固めるために、国元で謹慎中の家老諏訪大助頼保《よりやす》が送り込んできた手玉だったのだ。

　煩《わずら》わしい政務を嫌って芸道に遊び、諏訪の地を踏まないので国元の事情を知らず、滅多に江戸屋敷を出ることのない殿さまは、側近を務める渡邊助左衛門、近藤主馬、上田宇次馬によって、諏訪大助を盟主《めいしゅ》と仰ぐ二之丸派に、まんまと取り込まれてしまったのだ。

「もはや芝金杉には居場所が無い、と思い知らされた奥方さまは、子無きが故に離縁す、という一方的な三行半《みくだりはん》を突きつけられても、気丈なことに苦情一つこぼさず、悪党どもの巣窟《そうくつ》と化したお屋敷から、未練なく立ち退くことにしたのです」

しかしその晩、鬼刻斎と呼ばれる凄腕の殺し屋に襲われて、乱菊は危うく殺されるところだった。

「あのとき、無刀のそなたが遣った見事な体捌きを、わたくしは間近から見させてもらいました」

いきなりそう言われて、乱菊は驚きを隠せなかった。

初島は淡々とした口調で話を続けた。

「斬られると思わせて、そなたは鬼刻斎の鋭い切っ先を、わざと胸元で受け止めたのですね。わたくしはすぐ近くに居りましたから、鬼刻斎の凄まじい気迫と、それを受け止めたそなたの気迫が激突した、凍り付くような瞬間に立ち合っています。そなたは鬼刻斎と激突した瞬間に、衝撃で弾き飛ばされてしまいましたが、そうなることを予期して遣った、とっさの体捌きは、ひらひらと舞い飛ぶ胡蝶《こちょう》にも似た、舞踏を極めた優雅な所作と見て、わたくしは陶然《とうぜん》として眺めておりました」

それでは初島さまは、身を捨ててこそ救う瀬もあれ、と観念して遣った一瞬の体捌きを、冷徹な眼で見ておられたのか。

乱菊は意外な思いに戸惑っていた。

奥女中たちの躾には厳しくとも、剣術などとは無縁なお方、と思っていた初島さまは、暗闇坂で殺し屋に襲われた乱菊が、とっさに遣った究極の乱舞を、見破るほどの眼力をお持ちのお方であったとは。

乱菊が遣ったのは受け身の剣で、相手の攻撃を先《せん》の先まで先読みして、ひらひらと胡蝶が舞うように、敵の攻撃をしなやかに受け流し、剛《ごう》と柔《じゅう》が交差した接点で、攻め立てる敵の勢いを利用して、一瞬にして勝利をつかむ逆転の早業だった。

乱菊の剣技が優雅なのは当然で、お座敷芸として鍛えた「舞踏」の所作を、さらに先鋭化して「武闘」に援用《えんよう》した「胡蝶剣」は、敵の幻惑《げんわく》を誘い出して、一気に勝負を決する受け身の剣なのだ。

鬼刻斎に襲われた乱菊が、とっさに遣った体捌きは、一撃必殺を狙った殺し屋の抜き打ちを、あえて誘い込んだ捨て身の体術だった。

あの世とこの世の境目にいる殺し屋と、まともに闘って勝てるはずがない。

必殺の攻撃を避けるより、むしろ敵の鋭鋒《えいほう》を進んで受け、胸元に仕込んだ銅鏡を、正確に突かせるよう誘導する。

乱菊の華麗な体捌きは、ただその一点だけに絞られていた。

「初島さまには、すべて見抜かれていたのですね」

「わたくしは、初めて見るそなたの体捌きに驚きました」

初島はそう言って微笑《ほほえ》んだが、驚いたのはむしろ乱菊のほうだった。

天然流道場の奥座敷でも、当然このことが話題になったが、たとえ暗闇で視界が閉ざされていたとしても、乱菊が遣った究極の秘技を、正しく見切った者はいなかったような気がする。

さすがに師匠の洒楽斎は、とっさに銅鏡を突かせた体捌きを、「これぞ乱舞の技」と言って褒めちぎったが、それは無事を確認した後のことで、失神した乱菊が息を吹き返すまでは、暗く垂れこめた寒空を仰ぎ見て、声もなく慨嘆《がいたん》していたというのがほんとうらしい。

護衛役を引き受けていた仙太郎は、乱菊が殺し屋の鋭鋒をまともに受けて、一撃で突き殺されたと思ったのか、いつもの冷静さを欠いていたような気がする。

逃げようとする暗殺者に、すかさず一太刀を浴びせたが、仙太郎はよほど動揺していたのか、致命傷を与えたはずなのに逃げられている。

遅れて駆け付けた上村逸馬がいるはずの漆黒《しっこく》の闇に向かって、

「そ奴は人の世を蝕《むしば》む災いだ。いま取り逃がしたら、災いは明日に及ぶぞ」

斬れ、斬ってしまえ、と叫んでいた。

いつもの仙太郎なら、そんな下卑《げび》たことを、大声で喚き散らすはずはない。

師範代の市之丞ときたら、息を吹き返した乱菊を見て歓喜のあまり、滅多に披露することのない乱舞の技を、見極めることさえしなかった。

剣をとってはこの三人が、決して人後《じんご》に落ちない凄腕の持ち主であることを、乱菊は一度として疑ったことはない。

しかし乱菊が剣難に遭ったと思ったとき、彼らはいつもの冷静さを失って、剣客としての眼は曇ってしまっていたらしい。

たとえ瞬時なりとも、情に流されて冷徹さを欠いていた、と言えるだろう。

それなのに御老女の初島は、とっさに遣った乱菊の体捌きに、胡蝶の舞いに似た優雅さを見たのだという。

あの場でただ一人、醒《さ》めた眼を曇らせなかった初島さまは、見かけによらず恐ろしいお方なのかもしれない、と乱菊は思った。

「ところで、話を本筋に戻しましょう。わざわざ奥方さまがお乗りになる、朱塗りの女駕籠を差し向けて、無理にもそなたを迎えたのは、他でもない奥方さまの意地、わたくしの意地から、是非とも力になってもらいたいと思うからです」

そら来た、と乱菊は思わず身構えた。

「そなたが並のおなごでないことは、初めて会ったときから気づいておりました。それゆえに、暗殺された実香瑠に代わる奥女中として、奥方さまのお眼鏡にも適ったのです」

御老女の職を解かれてから、人柄が丸くなったと思われた初島は、芝金杉の奥殿を仕切っていたころの威厳《いげん》を取り戻していた。

「奥方さまのお父上、阿部伊勢守《あべいせのかみ》正福《まさよし》さまはすでに亡く、お兄上の正右《まさすけ》さまも同年に亡くなられ、いまは甥《おい》に当たる正倫《まさとも》さまが、福山藩十万石の御当主になっておられます」

殿さま（忠厚）から離縁された奥方さま（福山殿）は、甥御（阿部正倫）の世話を受けて、雑司ヶ谷の福山藩下屋敷に、仮寓《かぐう》なさっておられる身だという。

「女の身はまことにはかないもの。いまこのお屋敷で奥方さまにお仕えしているのは、わたくし初島と侍女掬水の他には、お食事などを御用意する雑仕女《ぞうしめ》、邸内の庭仕事などをしている三人の男衆だけなのです」

奥方さまと初島は、寂しい境遇に置かれているらしい。

乱菊を乗せた朱塗りの女駕籠を、内藤新宿から雑司ヶ谷まで、足並みも乱さず担ってきた駕籠かきたちは、福山藩上屋敷から配属された中間《ちゅうげん》たちだろう。

「ここはまことに閑静《かんせい》なお屋敷です。この地に移られてから、奥方さまはようやく心も落ち着かれ、静かな老後を過ごそうと、思案されてもいたようです」

たしかに、いつも喧噪が絶えない内藤新宿に比べたら、ここには別天地と言えるような静寂がある。

「でも、奥方さまはまだお若いし、御老女さまはさらにお若い。お二人とも静かな老後を願うようなお歳ではないでしょうに」

返事に窮した乱菊が、取りなすようにそう言うと、初島は薄く微笑んで、

「たしかにそなたが申すように、静かな老後などというものは、なかなか訪れてはくれないようですね」

すこし間《ま》をおいてから言った。

「そなたに力を貸して欲しいと思うのは、そこのところです。まさか離別なされた殿さまと、再び関わりを持とうとは思いませんでした。まだまだ諏訪家との御縁は、繋がれていたようです」

意外なことを聞く、と乱菊は思った。

諏訪藩邸を出るときの奥方さまは、むしろサバサバとしておられるように見えたのに、離縁された後にも繋がる縁とはなんなのだろうか。

乱菊の意外そうな顔つきを、無言のまま見詰めていた初島は、厳しい声で付け加え

た。

「これは悪縁です」

残忍とも言える口調だった。何を言いたいのだろうか。

「これから先のことは、われらに助力してもらえるのかどうか、そなたの返事を聞いてからでなければ、話すわけには参りません。御覧のように、奥方さまもわたくしも、いまは福山藩の寄人《よりうど》の身で、そなたを雇うことも謝礼をすることも叶いません。それでも力を貸してもらえるなら、何もかも包み隠さずに申し述べましょう」

乱菊を見つめる初島の眼は、白刃を突きつけるような厳しさに変わっている。

七

「それで、引き受けて来たんですかい」

市之丞は呆れ顔をして嘆息した。

「仕方がないでしょ。おふたりの困窮を眼にしたら、お断りするわけにはいかなくなったんだもの」

乱菊は意外にも屈託のない顔をしている。

決めてしまったからには、くよくよと後のことなど考えない。

もし高碌《こうろく》で召し抱えるとか、大枚《たいまい》の謝礼を弾むから、などと言われたら、利得に疎《うと》く情を重んじる乱菊の気質なら、話の内容を聴くまでもなく、その場で断ってしまうことが出来たかもしれない。

しかしねえ、と言って市之丞は首をひねった。

「うまく乗せられたんじゃありませんかい。その御老女とやら、相当の策士かもしれませんぜ。敵を知り己を知らば、百戦するとも危うからず。乱菊さんの気質をよく知り抜いたうえでの掛け合いですよ。孫子の兵法《へいほう》そのままと言っていい。外堀も内堀も埋められたうえ、情実を尽して大手と搦手《からめて》から攻められちゃあ、降参するより手はありませんや。こいつは御老女のほうが、乱菊さんより一枚も二枚も上手《うわて》だったてえわけだ」

乱菊は苦笑した。

「何も聞かないうちから、一方的に決めつけるような言い方はしないでよ」

すると、これまで黙って聞いていた洒楽斎が、

「どういう話だったのだ」

なぜか興味あり気に問いかけてきた。

「やっぱり先生も、その先を知りたくなるでしょ。あんな風に切り出されたら、誰だって最後まで聞きたくなるわよねえ」

洒楽斎がぽつりと洩らした一言で、乱菊が援軍を得たように勢いづくと、市之丞はやれやれと不貞腐《ふてくさ》れて、

「またまた面倒なことに、巻き込まれるのは御免こうむりますぜ。芝金杉とは縁が切れた御老女さまから、虫の良すぎる相談事だ。どうせ大したことではねえ、とは思いますがね」

すると乱菊は真面目な顔をして切り返した。

「それが大違い。いま諏訪藩では、大変なことが起こっているのよ」

市之丞はうんざりしたように、

「大変大変と言ったって、近ごろ流行《はやり》の大火事や、死者の群れを築いた疫病《えきびょう》や、三日も続く地震《なえ》のように、直接わが身に降りかかる災難じゃあねえでしょう。『投げ込み寺門前の美女殺し一件』は、逸馬の仇討ちで落着したし、そうなればもう、芝金杉とは縁が切れたはずです。これ以上のお付き合いは願い下げだ。諏訪藩では国元と江戸屋敷が入り乱れて、何かややこしい動きがあるようだが、所詮《しょせん》はよその家のゴタゴタに過ぎない。わけの分からねえことに首を突っ込むのは、もうやめようと、先日も

言ったばかりじゃありませんかい」

　乱菊はそれを受けて、

「でも、天然流の明日を担う上村逸馬と牧野平八郎は、わけの分からない騒動の渦中にいるのよ。天然流に関わることなら、あたしたちの問題でしょ。よその家のゴタゴタなどと言って、見て見ぬふりをするわけにはいかないわ」

　市之丞は乱菊の勢いに押されて、思わずたじたじとなりながらも、

「逸馬と平八郎のことなら、塾頭に任せておけば大丈夫ですよ。いつも勝手気ままなあの人にはめずらしく、派閥争いの捨て駒にされると決まっている、出来の悪い弟子どものことが心配になるのか、わざわざ芝金杉に安宿を借りて、昼夜にわたってあの連中に張り付いているらしい。例によって付かず離れず、素知らぬ顔をしながら、絶えず見守っているようですから」

　乱菊の口元から笑みが消えた。

「あなたは呑気なことを言っているけど、いま諏訪藩がどんなことになっているのか、ほんとうは知っているんでしょ」

　図星《ずぼし》だった。

　芝金杉の諏訪藩邸では、人の出入りが頻繁になり、市之丞ひとりでは見極めが付か

ないことが多くなった。

　勘の鋭い乱菊は、それと察しているらしかった。

「変幻自在な市之丞さんが、この一件から手を引いて、腕は立っても世間知らずの仙太郎さんひとりに、あの子たちを任せておくことなんて出来ないわ」

　国元から出奔《しゅっぽん》してきた諏訪藩士たちが、芝金杉の江戸藩邸に押し掛けて、屋敷に入れろ、入れぬ、と険悪な押し問答があったり、邸内からは武具を揃える音が聞こえてくることもあるという。

　にわかに警備が厳重になったので、さすがの甲賀三郎も、邸内に忍び込むことが難しくなっている。

　諏訪大助を盟主と仰ぐ二之丸派と、千野兵庫《ちのひょうご》を押し立てる三之丸派は、諏訪の政権をめぐって国元で争ってきたが、さすがに江戸は徳川幕府のお膝元、拝領屋敷での武力抗争はなく、藩邸は平穏を保っている、かのように一応は見える。

　しかし藩士たちの出入りが煩雑《はんざつ》になると、どちらが二之丸派で、誰が三之丸派なのか、藩士たちの顔を知らない市之丞には、容易に判別がつかなくなった。

　藩邸内に見知らぬ顔が増えれば、誰と誰が敵対し、誰と誰が味方として結束しているのか、よそ者の市之丞には見極めることが難しい。

むろん江戸藩邸は、派閥一色に染まっているわけではなく、同じ藩内のよしみから、露骨な争いは避けようと、邸内に何があっても、取り敢えず当たらず触らず、なんとか遣り過ごしている者もいるだろう。

言ってみれば、狐と狸の化かし合いで、昨日の敵は今日の友、今日の友は明日の敵と受け流して、腰の据わらない有象無象もいれば、二之丸派か三之丸派か、旗幟《きし》鮮明《せんめい》にしている上役の軋轢《あつれき》を受けて、いずれかに靡《なび》かざるを得ない弱い立場の連中もいる。

いざというときの尖兵《せんぺい》として、天然流道場に送り込まれた上村逸馬と牧野平八郎は、敵対する二大勢力の捨て駒として、ただ利用されるだけの下層武士で、哀れと言えば哀れな立場の連中だが、本人たちは至極真面目に、藩のためには身命を擲《なげう》とうと、ひとえに思い込んでいるようだった。

もうお手上げだ、というのが、市之丞にすれば正直な気持ちだった。

「それが藩内の派閥争いなら、われらが関わるのは無用のことじゃ。しかしわが門弟が、派閥の捨て駒として利用されるのを、黙って見過ごすわけには参るまい」

洒楽斎は低い声で呟いた。

「両派が激突する日はいつになるのか、はっきりした日取りは分かりませんが、甲賀者の直感で言わせてもらえば、そう遠い日のことではありませんぞ」

市之丞は正直なところを口にした。

「ところで乱菊さんは、どうして芝金杉の騒動を、ずばり言い当てることが出来たんですかい」

さすがの甲賀三郎も、乱菊の先読みの鋭さに、兜《かぶと》を脱いだらしかった。

「簡単なことよ。あたしは福山藩の下屋敷で、詳しい事情をうかがってきたばかりですもの」

さらりとした口調で乱菊は言った。

「わしが訊きたかったのはそのことじゃ」

洒楽斎はいつになく気難しそうな顔になっている。

先生は何を鬱屈していらっしゃるのかしら、このあいだのお顔と同じだわ、と乱菊は思い出した。

あの日も市之丞と乱菊の喋るにまかせ、先生は別なことを考えているらしい、と気になっていたが、何をどのように思い屈しているのか、いくら問い詰めても聞き出すことは出来なかった。

夜中に買い足してきた灘の生一本で、沈みがちだった宴席はすぐに賑わって、乱菊もすっかりそのことを忘れていたが、あのときと同じ顔つきになっている洒楽斎が、いま何を考えているのか、やはり気になってならなかった。

第二章　精霊の国

一

「雑司ヶ谷のお屋敷で、御老女初島さまのお話をうかがって、市之丞さんの言われるよその家のゴタゴタが、いよいよ来るところまで来てしまっていると、思い知らされたのです」

　乱菊はいつになく慎重な口調で言った。

「二之丸派の渡邊助左衛門に讒訴《ざんそ》され、謹慎を命じられていた国家老の千野兵庫が、二之丸派を弾劾《だんがい》するために、禁足《きんそく》の命《めい》を破って江戸に出てきたのです。市之丞さんの見た諏訪藩邸のゴタゴタは、千野兵庫の出府《しゅっぷ》によって、いきなり引き起こされた騒乱でしょう」

乱菊はそのとき御老女から明かされたという、これまで聞いたこともない諏訪藩の来歴について、落ち着いた口調で話し始めた。

二之丸家（諏訪大助）と三之丸家（千野兵庫）は、藩祖《はんそ》となった諏訪頼水《よりみず》公のときから、禄高も権限も同等の家柄として遇《ぐう》され、年齢や経験から、先任が首席家老、後任が次席家老となって、交代で諏訪藩の政権を担当してきたという。

一方に権力を集中させなかったのは、初代藩主頼水公の配慮で、戦国乱世を経て幕藩体制に入ってゆく過渡期《かとき》には、藩政の基礎を固める藩主の補佐役として、いわば車の両輪となって、二家老制は有効に機能していたと言ってよい。

二之丸家の初代は藩主頼水公の弟頼雄《よりかつ》で、上代から「神野《こうや》」と呼ばれ、一般の立ち入りが許されなかった神域に、頼水の意図を汲んだ弟の頼雄が、有史以来初めて鍬を入れ、八ヶ岳《やつがたけ》の裾野を開墾して、旧来の古村に倍する、広大な新田村を拓いた。

神域とされてきた禁断の地に、開拓の鍬を入れるのは、神の血を引く諏訪家の末孫《まつそん》でなければ、許されることではなかったからだ。

ちなみに、まだ幼かった末弟の頼広《よりひろ》は、七歳にして諏訪の生き神さまと言われる大祝《おおほうり》となって、諏訪信仰圏の中枢を担うことになった。

そもそも諏訪大祝とは、始祖《しそ》となった有員《ありかず》に諏訪の精霊が憑依《ひょうい》して、「われに形なし、大祝をもって形となす」という託宣《たくせん》を下してから、延々と続いてきた生き神さまの直系で、信州《しんしゅう》のみならず、甲州、野州《やしゅう》、越州《えつしゅう》、などとの長い国境を越え、山間に広がる諏訪信仰圏を地盤に、この世の権力とは相容れぬ内なる権威として、世俗的な政権に対峙《たいじ》してきた霊界の統治者だったのだ。

もともと諏訪の大祝は、六歳から八歳になる幼童《ようどう》に受け継がれてきた神の依《よ》り代《しろ》で、森と湖の精霊に選ばれた神の子だった。

有員の時代から人の形を得た諏訪大祝は、幼童期を過ぎても殺されることなく、成人してからも生き神さまとして、諏訪信仰圏に君臨《くんりん》してきた。

南北に聳《そび》える霊峰を連ねる八ヶ岳の裾野は、おのずから諏訪の神域とされて禁を犯す者もなく、狩猟時代から伝えられてきた御射山《みさやま》神事は、氏子《うじこ》たちが諏訪信仰圏の紐《ちゅう》帯《たい》を確かめるための、重要な行事とされている。

なだらかに広がる八ヶ岳の裾野は、清冽《せいれつ》な湧水に恵まれて牧草は豊富で、肌を凍らせるような高原の冷風も駿馬《しゅんめ》の放牧に適していた。

望月《もちづき》の駒《こま》をはじめ、八ヶ岳の裾野を覆う山浦《やまうら》の高原や、編笠岳《あみがさだけ》の裾野が広がる甲州の北杜《ほくと》は、古くから名馬の産地として知られ、朝廷から遣わされた牧官《もくかん》が、広大な放牧地の人や馬を支配してきた。

牧官には馬の扱いに慣れた、神氏《みわ》の一族が任命されたので、諏訪大祝を盟主と仰ぐ神党《みわとう》が、蓼科山《たてしなやま》、八ヶ岳、浅間山《あさまやま》などの山裾に入植して、名馬を育てるための牧場を開いた。

神党の騎馬武者たちは、入植地に新しい牧場を開くと、その地を鎮《しず》めるために諏訪神を祭って、弓馬の道に励む一族の絆《きずな》とした。

そのころまでには、獣を追って山々を渡る狩猟民や、木の実や草の根を食べて放浪する山の民、諸国を渡り歩く芸能の民に支えられて、いわゆる諏訪信仰圏と呼ばれるゆるやかな絆が、諸国の山々を結ぶ峠道によって繋がれていたという。

延暦《えんりゃく》二十年（八〇一）、阿弖流為《あてるい》の乱鎮定《ちんてい》の勅命を受け、蝦夷地《えぞち》に向かった征夷大将軍坂上田村麻呂《さかのうえのたむらまろ》が、東山道《とうさんどう》を北上する道筋にあった諏訪社に立ち寄って戦勝を祈願し、諏訪信仰圏の武力を糾合《きゅうごう》して蝦夷地を制覇《せいは》してから、森と湖の精霊として信仰されてきた諏訪大明神《だいみょうじん》は、弓馬の道に励む東国《とうごく》武者たちから、武神として信仰されるようになったという。

武者の世になっても、諏訪では有員の直系が大祝職を継いで、御射山の御狩《みかり》神事を主宰《しゅさい》していた。

弓馬の道にすぐれた諏訪大祝は、在地に根を張っている神党を率いて、早駆けを得意とする騎馬軍の統領になっていった。

神職の最高位であった大祝には、大陸から渡来した仏教徒とは違って、神職にあっても殺生禁断《せっしょうきんだん》を課せられたわけではない。

御射山の御狩り神事では、鹿を殺して生き血をすすり、戦場に出れば荒馬を駆って敵陣を駆け破り、逃げる敵勢は逃げるに任せて放置したが、立ち向かってくる敵があれば容赦なく射殺した。

いずれにしても血なまぐさく、とても生き神さまが為《な》すことではない。

しかし如何に殺生を重ねても、大祝のいましどころは神聖とされ、生き神さまは始祖の血を引く幼童に限られていた。

純粋で汚れを知らない幼童こそ、人界で最も神に近い存在と思われていたのだろう。

ちなみに、ヒマラヤ山脈に沿った山峡の国ネパールでは、現代でも「クマリ」と呼ばれる生き神さまが存在する。

ネパールの生き神さまは、初潮《しょちょう》を迎える前の童女で、「クマリ」の前に出れば国王さえも跪拝《きはい》せざるを得ない神聖な存在とされてきた。

しかし初潮を迎えれば只の少女に戻り、生き神さま「クマリ」は次代の幼女に受け継がれてゆく。

古代の諏訪でも、有員が大祝になるまでは、ネパールの生き神さま「クマリ」のように、純粋無垢の幼童を、精霊が宿る生き神さまとして、崇《あが》め奉《たてまつ》っていたのではないだろうか。

そして成人する前に殺される（精霊に戻る）ので、幼童のまま精霊となった（純粋さを保つために殺された）生き神さまは、代々にわたって生殖とは無縁で、血を分けた子孫をこの世に残すことはなかった。

有員が大祝家の始祖とされるのは、形なき精霊（諏訪大明神）の託宣を受けて、人の形を得た御神体《ごしんたい》であり、それゆえに成人してからも殺されることなく、みずからの子孫を残すことが出来たからだろう。

大祝家の血統は、始祖の有員から綿々と続いているという。

諏訪の藩祖となった頼水公が、末弟の頼辰を大祝に立て、諏訪信仰圏の精神的な支柱を存続させたのも、神に近い幼童が大祝になった、という古代からの伝統を、守ろうとしていたからに違いない。

大祝が生き神さまとして、尊崇《そんすう》されていた古代や中世とは異なり、群雄《ぐんゆう》が割拠《かっきょ》する戦国の世になると、よくも悪《あ》しくも乱世の風雲に乗って、上社《かみ》の「諏訪氏」が下社《しも》の「金刺氏《かなざし》」を攻め滅ぼして、上社の総領家《そうりようけ》が、四方を山々に囲まれた諏訪の盆地を支配した。

かくて戦国大名の仲間入りをした諏訪頼重《よりしげ》は、諏訪と伊那《いな》に及んでいた旧来の勢力圏を、八ヶ岳を越えた佐久《さく》にまで伸ばそうとしたが、信虎《のぶとら》の娘との婚姻で結ばれたはずの隣国、甲斐《かい》の武田晴信《はるのぶ》（信玄《しんげん》）に急襲されて滅亡した。

頼重の近親者はことごとく誅殺《ちゆうさつ》されたが、諏訪大祝になっていた叔父の満隣《みつちか》は、神職を隠れ蓑にして乱世を生き延びた。

天正《てんしよう》十年（一五八二）、天下取りを目前にしていた織田信長《おだのぶなが》が、重臣の明智光秀《あけちみつひで》に急襲されて本能寺《ほんのうじ》で討たれた。

全国に衝撃が走った。

大祝諏訪頼忠《よりただ》（満隣の子、頼重の従弟）は千野昌房《まさふさ》に擁立《ようりつ》され、帰農していた頼重の遺臣たちを糾合して、諏訪奪還《だつかん》の兵を挙げた。

信長から諏訪を与えられた河尻秀隆《かわじりひでたか》は、重臣の弓削重蔵《ゆげじゆうぞう》を代官に任じ、茶臼山《ちやうすやま》城（高島城《たかしま》）に政庁を設けて諏訪一帯を支配していた。

弓削勢を包囲した頼忠は、重蔵に使者を送って茶臼山城の明け渡しを迫った。

信長の死によって、織田軍の占領地は大混乱に陥り、甲斐信濃《しなの》に国人一揆《こくじんいっき》が勃発し、信長から恩賞として甲斐一国を与えられた河尻秀隆は、反旗を翻《ひるがえ》した武田遺臣に惨殺された。

それを知った弓削勢は、地元勢力の蜂起を恐れて戦意を喪失し、一戦を交えることもなく城砦《じょうさい》を捨てた。

頼忠は戦わずして茶臼山城を落とし、頼重が滅びてから四十年後に、祖霊に守られた精霊の地を奪還したわけだ。

同じような動乱は、織田信長に滅ぼされた旧武田領でも起こっていた。

武田勝頼《かつより》を滅ぼした論功行賞《ろんこうこうしょう》として、甲斐一国と信州諏訪郡を与えられた河尻秀隆、伊那一郡を与えられた毛利秀頼《もうりひでより》、上野一国と信濃の小県《ちいさがた》、佐久の二郡を与えられた滝川一益《たきがわかずます》、北信濃の高井《たかい》、水内《みのち》、更級《さらしな》、埴科《はにしな》の四郡を与えられた森長可《もりながよし》、木曾《きそ》、安曇《あづみ》、筑摩《つくま》三郡を安堵された木曾義昌《よしまさ》など、信長配下の武将たちに分割統治されていた信州に、武田遺臣を擁する国人一揆が起こって、横暴苛烈《おうぼうかれつ》な簒奪者《さんだつしゃ》（信長軍）たちの勢力は、住民の反撃によって一掃されてしまった。

にわかに闕所《けっしょ》となった信州は、領国の拡大を図《はか》る北条氏政《うじまさ》と徳川家康《いえやす》からすれば、格好の草刈り場となった。

北からは上杉景勝《うえすぎかげかつ》、西と南からは、徳川家康と北条氏政配下の軍勢が、堰《せき》を切ったように侵攻して来る。

地の利がある諏訪勢は、進撃して来た敵の先鋒《せんぽう》を撃退するが、業《ごう》を煮やした本隊に攻め込まれたら、軍事力の差は如何《いかん》ともしがたい。

どう身を処すべきか。

北条と徳川を天秤《てんびん》にかけた頼忠は、双方に使者を送って相手の出方を見たが、包容力のありそうな徳川家康の譜代となって、諏訪の旧領を安堵される道を選んだ。

しかし家康は出遅れていた。

中国大返《ちゅうごくおおがえ》しで明智光秀を討った秀吉は、天正十一年、信長配下の最大勢力、柴田《しばた》勝家《かついえ》を滅ぼすと、永年にわたって信長を悩ましてきた一向一揆《いっこういっき》の総本山、石山本願寺《いしやまほんがんじ》の跡地に、目を見張るような巨大城郭《じょうかく》を築いた。

天正十二年には小牧《こまき》・長久手《ながくて》で家康と闘ったが、一進一退で容易に勝敗が決しないと見た秀吉は、得意の人たらしで家康を懐柔《かいじゅう》し、芝居気たっぷりに、諸大名の前で臣従《しんじゅう》を誓わせた。

天正十三年には、長曾我部元親《ちょうそかべもとちか》を急襲して四国を統一。

その翌月に関白就任、翌年には太政大臣となって、朝廷から豊臣《とよとみ》の姓を賜《たま》う。

天正十五年（一五八七）島津義久《しまづよしひさ》を降《くだ》して九州を平定。

その翌年、贅《ぜい》を尽くした聚楽第《じゅらくだい》に、後陽成《ごようぜい》天皇の行幸《ぎょうこう》を仰いだ。

同じ天正十六年、刀狩り令を出して全国の武装解除を断行。

そこまでが本能寺の変からわずか五年。

秀吉の絶頂期と言ってよい。

やがて小田原《おだわら》合戦。

秀吉は圧倒的な軍事力と経済力を駆使して、およそ百年にわたって関東に覇《は》を唱えてきた北条一族を滅ぼすと、そのまま大軍を率いて奥州《おうしゅう》を平定。

天正十八年（一五九〇）、豊臣秀吉は名実ともに天下統一を成し遂げた。

小田原北条氏を滅ぼした豊臣秀吉から、関東への移封《いほう》を命じられた家康に従って、頼忠は四十年ぶりに回復した本貫地《ほんがんち》の諏訪を離れた。

頼忠が去った後の諏訪領は、秀吉の武将日根野織部正高吉《ひねのおりべのしょうたかよし》に与えられた。

諏訪の新領主は、領内に七公三民《しちこうさんみん》という苛政《かせい》を敷き、後に「諏訪の浮き城」と称される湖上の城郭を、諏訪湖に突き出た半島のような低湿地、高島に築くという難工事に取り掛かった。

諏訪一郡の老若男女は、湖上の浮き城造営のために、苛酷な労役《ろうえき》に駆り立てられた。

湖底に石垣を積むためには、基盤となる大量の捨て石が必要で、それには巨石の切り出しが間に合わず、関東移封前に頼忠が築いた金子《かねこ》城の、石垣を掘り崩して間に合わせ、それでも足りなければ、在地の墓石を手あたりしだいに埋め込んだり、石垣が崩れると人柱《ひとばしら》を立てるなど、新来の領主は課税ばかりか民政にも苛酷で、築城のためには手段を選ばなかった。

諏訪の領内には怨嗟《えんさ》の声が満ち、逃散《ちょうさん》する者は後を絶たず、中には住民や田畑が、丸ごと消えてしまった村落もあるという。

関東に移封された頼忠は、わが身の保全のために諏訪を捨てたわけではない。

俗世の支配者は変わっても、諏訪には頼水の弟頼広が、生き神さまと呼ばれる大祝として残っている。

武州《ぶしゅう》の奈良梨《ならなし》、羽生《はにゅう》、蛭川《ひるかわ》に転封《てんぽう》後も、さらに上州《じょうしゅう》那波《なわ》郡総社《ぐんそうじゃ》に転封されてからも、頼忠は諏訪との緊密な連絡を絶やさなかった。

諏訪に残してきた氏子たちの苦難を聞くたびに、神代《かみよ》から続く祖先の地を回復せねば、という思いは、日ごとに募《つの》っていったに違いない。

頼忠と嫡子の頼水は、武州、上州と転封させられながらも、燃えるような望郷の思いを押し殺し、家康の命《めい》に従って西に駆け東に駆け、淡々として軍事に励んだ。

弓馬の道こそが諏訪武士の誇り、という矜持《きょうじ》だけが唯一の支えだった。

かつて頼忠に諏訪を安堵した家康から、

「いにしえより、諏訪は武神が鎮座《ちんざ》する由緒ある国じゃ。その方《ほう》と交わした約束は忘れぬ。わしが天下を取るまでは辛抱いたせ」

と言って宥められていたのかもしれなかった。

他国を転々として、忍従《にんじゅう》すること六年。

慶長《けいちょう》六年（一六〇一）、天下分け目の関ケ原《せきがはら》合戦から一年して、頼忠の嫡子頼水は、諏訪総領家（頼重）が滅亡してから六十年の歳月を経て、四方を峻厳《しゅんげん》な山岳に守られ、中央に開かれた緑の盆地、森と湖が広がる祖霊の地に帰ってきた。

武田、織田、豊臣と、侵略者が入れ代わるたびに、城下は焼かれ、田畑は軍馬に踏み荒らされて、兵乱が止めば止んだで、城郭の建造や街並みの復興に酷使され、新来者の容赦ない収奪《しゅうだつ》に苦しんできた土着の民は、自由を求めて山野に逃散し、そのため村々は疲弊《ひへい》して、人手を離れた田畑は荒れに荒れ、雑草の生《お》い茂る茫々《ぼうぼう》たる原野と化していた。

ようやく諏訪を回復した頼水の領国経営は、入国したその日から始まる。

逃散した百姓たちを呼び戻して、枯れ葦《あし》が生い茂っていた田畑を復旧させ、荒れ地に新田を開発して年貢を軽くし、日々の暮らしを安定させる、という近世的な自給自足体制を整えたのだ。

幕藩体制に入った諏訪の行政も、古代から続いてきた祭政一致《さいせいいっち》から、聖と俗を分離した近世的な領国経営に切り替えられた。

頼水の家系が藩主家を継ぎ、城郭内の二之丸を与えられた実弟、頼雄の家系が家老職を継いで民事を統括し、わずか七歳だった弟、頼広の家系が、大祝として諏訪信仰圏を継承してゆくという、いわば三権分立が行われることになる。

三之丸家老の千野兵庫は、本能寺の変で信長が殺された天正十年（一五八二）に、諏訪神社の大祝職にあって誅殺を免れた頼忠を擁立して、諏訪家の遺臣たちを糾合し、隣国（甲斐の武田）に奪われた諏訪頼重（頼忠の従兄）の、旧領奪還に功があった千野昌房の子孫だった。

千野昌房に擁立された頼忠が、群雄の割拠する戦国の世に、曲がりなりにも諏訪家再興を果たしたのだから、城郭内の三之丸を与えられた千野家が、諏訪藩の支柱と遇《ぐう》されてきたのは当然だろう。

二之丸家と三之丸家、この両家老が頼水の牽引《けんいん》する車の両輪となって、幕藩体制に組み込まれた諏訪藩の領国経営に当たってきた。

初代因幡守《いなばのかみ》頼水、二代出雲守《いずものかみ》忠恒《ただつね》、三代因幡守忠晴《ただはる》のころまで、二之丸家と三之丸家という同格の家老は、殿さまの手足となって藩政を担い、車の両輪はうまく機能してきたと言ってよい。

ところが四代安芸守忠虎《ただとら》は、嫡子忠尋《ただひろ》が二十三歳で頓死《とんし》し、これからというときになって世継ぎを失ってしまった。

近親を捜しても、弟の頼基《よりもと》はすでに大祝家の養子に出ている。

諏訪の大祝は、始祖有員から継承されてきた諏訪信仰の象徴なので、頼基を領家に呼び戻して、大祝の血統を絶やすわけにはいかない。

窮余《きゅうよ》の一策として、藩祖頼水の次男頼郷《よりさと》の曾孫に当たる忠林《ただとき》を、忠虎の息女（雲台《うんだい》院《いん》）の婿に迎えて五代目藩主を継がせた。

このときから殿さまと国元との縁が薄くなる。

忠林は千五百石取りの直参旗本だった父頼篤《よりあつ》が、京都町奉行のとき生まれ、幼少のころから京の文化に馴染んでいたので、弓馬の道に励んできた諏訪武士の嗜《たしな》みから遠く離れ、机上《きじょう》の学問や芸道に明け暮れて、特に絵を描くことを好み、絵師としての技量は殿さま芸を超えていたという。

忠虎の養子になった忠林は、若いころから健康が思わしくなかった。生まれ育った京文化の影響か、土臭い地方行政への関心は薄く、幕府に願い出て病弱を理由に参勤交代を免除してもらった。

諏訪藩の行政は、国元の千野兵庫と諏訪圖書《ずしょ》の二家老に任せて、殿さまは江戸屋敷から出ることなく、俳諧連歌や詩画骨董など、好むところの芸能に遊んだ。

忠林の嫡子忠厚は、諏訪藩江戸屋敷に生まれたが、父忠林に劣らず病弱な体質で、国入りしたのは藩主に就任した時だけで、国元の藩士や領民たちと接触することもなく、住み慣れた芝金杉の江戸屋敷から離れることもなかった。

二

「だから殿さまは、諏訪のようすも知らず、国元の藩士たちが二之丸派と三之丸派に分かれて、派閥争いをしていることにも気がつかなかった、と初島さまはおっしゃるのよ」

乱菊は驚いたような顔をして語ったが、長々しい話を聞いていた市之丞は、諏訪信仰圏の由来や藩政との関わりを、分かりやすく説明する乱菊の才気に、むしろ驚きを隠すことが出来なかった。

「初島という御老女は、たしか備後《びんご》福山の出身で、諏訪で生まれ育ったわけでもないのに、そこまで詳しいことを知っているとは驚きですな」

淡々と語られる乱菊の話を聞いて、市之丞は驚きというよりも、むしろ不気味さを感じ取ったらしかった。

甲州街道を早駆けして、逸馬が使う甲州訛《なま》りの源《みなもと》の地を尋ね、とうとう諏訪にまで辿り着いた市之丞は、世にもめずらしい話を見聞きしてきたと、少なからず自慢に思っていたが、甲賀者の術をもってしても、諏訪藩の来歴まで調べることは出来なかったのだ。

「初島どのは、福山十万石の姫君をお守りする御老女として、たったひとりで諏訪藩邸に乗り込んできた女丈夫《じよじようふ》じゃ。敵を知り己を知らば百戦危うからず。たぶん姫君の輿入れが決まってからは、正室として迎え入れられる諏訪藩のことを、徹底して調べ上げていたに違いない。さらに芝金杉の藩邸に入ってからも、物知り顔をした諏訪藩の古老に訊ねたり、藩邸の蔵書や古文書にも目を通して、諏訪の由来を知ろうと努めてきたのであろう」

洒楽斎はなぜか憂鬱そうに呟いた。

「過ぎたるは及ばざるが如し。知りすぎることが、かえって災いを招くこともある。御正室を護ろうとするあまり、初島どのは知らなくともよいことまで知ろうとして、殿さまの不興《ふきょう》を買っていたのかもしれぬ」

そうでなければ、いくら渡邊助左衛門の讒言《ざんげん》があったとはいえ、子なきがゆえに去る、というありきたりな理由で、十数年も連れ添ってきた御正室を、いきなり離縁するなどということは考えられない。

「御正室の父阿部正福どのは、福山十万石の殿さまだ。その後ろ盾があるかぎり、おろそかな扱いは出来ぬはずじゃ。諏訪藩の江戸屋敷を牛耳っている渡邊助左衛門にとって、奥方や御老女の初島どのは、何かと煙たい存在だったのであろう」

洒楽斎が何気なくそう言うと、

「奥方さまのお父上はすでに亡くなられ、兄上の正右さまもいまは亡く、福山十万石の跡目は、甥の正倫さまが継いでおられます」

乱菊がそれとなく補った。

「そうであったな」

洒楽斎は気まずそうに頷いた。

「先ほど乱菊はたしかそう申した。歳は取りたくないものじゃ。いま聞いたことをすぐに忘れてしまうとはな」

わざとらしく嘆いてみせたが、洒楽斎のぎこちない道化ぶりはどこか寂しげだった。

「そんなことはありませんよ。だいたい乱菊さんの話が長すぎて、やたらと人の名が出てくるのがよくねえ。甲賀仕込みのあっしだって、とてもじゃねえが覚えきれませんぜ。それにしても、御老女から一度聞いただけなのに、よくまあ乱菊さんは、それだけの名前や話の繋がりを、すらすらと覚えることが出来ますね」

洒楽斎と乱菊、どちらの顔も立ててやろうと、お人好しの市之丞は、二人の間に立ってあたふたしている。

「たしか奥方の父正福どのは大坂城代を務め、さらに兄の正右どのは、寺社奉行から京都所司代を経て、老中まで上り詰めた幕閣の有力者だ。甥の正倫どのも、若くして奏者番と寺社奉行を兼ね、やがては老中になるだろうと言われている。そんな家筋の姫君を、いきなり離縁するとは、わずか三万石の小大名が、ずいぶん思い切ったことをしたものじゃな」

洒楽斎は呆れたように言い足したが、やはり顔色は冴えなかった。

「先生、何か隠しているわね。あたしの言ったことを忘れたんじゃなくて、ちゃんと聞いていなかっただけなんでしょ」

乱菊は心配そうな顔をして、いつもと違う洒楽斎に寄り添った。

「あたしたちに余計な心配をかけまいとする、先生のお気持ちはとっても有難いと思うわ。でも、知らないことで心配するより、知ってしまえば安心することがほとんどなのよ。これは先生から教えられたことですけど」

洒楽斎は照れくさそうに苦笑した。

「根も葉もないことに、思い煩《わずら》うのは感心せんな。それよりも、芝金杉から退出した御老女が、わざわざ乱菊を呼び寄せて、どのような頼みごとをしたのか。まだ肝心なところを聞いておらぬではないか」

また話をそらされたわ、と思いながらも、乱菊は洒楽斎に軽く念を押した。

「国元に蟄居を命じられていた御家老の千野兵庫が、禁を破って出府してきたというお話はしましたよね」

洒楽斎は頷いた。

「芝金杉の諏訪藩邸が、ざわめき始めた原因じゃな」

市之丞もすぐに相槌《あいづち》を打って、

「藩士たちの動きが煩雑になって、わけが分からなくなってきたころのことですな」

市之丞は甲賀者の習い性《しょう》か、引退した御老女に呼び出された乱菊が、雑司ヶ谷で何を聞いて来たのか、一刻も早く知りたいという気持ちを、抑えきれないらしかった。

「ところが、江戸へ出てきた千野兵庫は、芝金杉のお屋敷には入れなかったのです」

酒楽斎は頷いた。

「そうであろう。謹慎の身では当然そうなる」

市之丞はすかさず問い返した。

「それじゃ兵庫は、いまどこにいるんですか」

いつもとは口調が変わっている。

「鍛冶橋《かじばし》にある松平和泉守《いずみのかみ》のお屋敷よ」

乱菊は初島から聞いたままを答えた。

「えっ、どうして和泉守の上屋敷に」

市之丞は意表を突かれて絶句した。

酒楽斎も首をひねって、

「和泉守乗寛《のりひろ》は、たしか三河国《みかわのくに》西尾《にしお》六万石の城主で、奏者番という要職にある。謹慎中の千野家老は、どのような因縁があって、和泉守の上屋敷を江戸の宿所にすることが出来たのか」

これは危険だ、という直感がある。

奏者番は幕閣に繫がる。

世継ぎ問題と派閥争い、これら藩の内紛が、奏者番を通して幕閣の俎上《そじょう》に上《のぼ》れば、藩政不行き届きということで、諏訪藩が廃絶に追い込まれることは必至だろう。

もし事が拗《こじ》れたら、問題を抱えている諏訪藩にとっても、処理能力を問われる幕閣にとっても、火薬庫に火を投じることにもなりかねない。

国家老の千野兵庫や、奏者番の和泉守乗寛が、そのことを知らないはずはなかった。

あり得ないことが起こっているのだ。

この裏には何かがあるに違いない。

ふと洒楽斎の脳裏を掠《かす》めたのは、四谷の大木戸で偶然に出遇った、龍造寺主膳らしき男の後ろ姿だった。

三

たまたま四谷の大木戸で、龍造寺主膳とよく似た男の後ろ姿を見るまでは、あの男のことを忘れていた、と洒楽斎は改めて思った。

騒動の背後には、かならず龍造寺主膳の影あり、と囁かれていた巷の噂を、洒楽斎はここ十数年あまり聞くことがなかった。

あえて忘れようとしたのではない。

さすがの龍造寺主膳も、いまは異変を好む連中からも忘れ去られ、あるいは老齢を迎えて往年の覇気《はき》を失い、この世から消えてしまったのかもしれなかった。

しかし四谷の大木戸で、主膳とよく似た後ろ姿を見たときから、あの男に付きまとっていた不穏な噂を、なぜか気にせざるを得なくなった。

遠い沖で荒波に襲われ、バラバラに砕け散った難破船が、破片となって岸辺に打ち寄せられるように、茫洋としていたあのころの噂が、さまざまに形を変えて、洒楽斎を悩ませている。

あの男が姿を現したからには、世を揺るがすような騒動が、江戸のどこかで起きているのかもしれない。

若き日の洒楽斎はあの男に心酔し、夜を徹して語り明かしたこともある。

世が動き人が動くかもしれない兆《きざ》しを、たぶん本能的に嗅《か》ぎつけて、それと関わってしまう性癖《せいへき》を、生まれながらに持っている男かもしれなかった。

主膳は事件の引き立て役で、騒動の背後で糸を引いても、表舞台に立つことはなかった。

竹内式部の「宝暦事件」もそうだったし、山県大弐が刑死した「明和事件」にも、同じ立ち位置で関わっている。

そうか、主膳とはそういう男だったな、と洒楽斎は昨日のことのように思い出した。よく誤解されているところだが、龍造寺主膳はおのれの来歴を語ったことはない。巷で囁かれるのは、根も葉もない噂話で、いずれも憶測の域を出なかった。

巷でどんな噂を立てられようと、主膳はあえて打ち消すことをしなかったし、だからと言って肯定することもなかった。

あの男が屈折した性癖を持つようになったのは、数奇な運命に翻弄《ほんろう》されたからだ、と訳《わけ》知り顔をして言う者もいる。

龍造寺主膳は本名ではなく、おのれの立ち位置を明らかにするための名乗りらしい。

嘘かほんとうか、確かなことはわからないが、巷の噂によると、主膳は西国《さいごく》の大名になりそこなった男で、肥前鹿島《ひぜんかしま》藩の家老だった板部堅忠《いたべかたただ》の子だという。

佐賀《さが》は戦国末期に、肥前の熊と呼ばれた龍造寺隆信《たかのぶ》が、みずからの剛腕《ごうわん》で切り取った領国で、当時は薩摩《さつま》の島津義久、豊後《ぶんご》の大友宗麟と、九州を三分するほどの勢いがあった。

天正十二年、島津、有馬《ありま》の連合軍と戦った隆信は、狭隘《きょうあい》な湿地帯に誘い込まれて、泥地に足を取られたところを討ち取られた。

隆信の死で支柱を失った龍造寺家に代わって、重臣の鍋島直茂《なべしまなおしげ》が戦局を有利に導き、隆信の遺児政家《まさいえ》を補佐して佐賀領を守った。

そのため佐賀の実権は、龍造寺から鍋島に移り、擁立された政家も領主とは名ばかりで、兵権《へいけん》はすべて直茂に握られていた。

天下人となった秀吉は、軍権がある直茂を重んじて、実力のない政家を無視した。天正十八年、直茂は政家を廃して高房《たかふさ》を擁立し、秀吉の同意を得て佐賀の実権を掌握した。

関ケ原合戦で、龍造寺軍の大将として出陣した鍋島直茂は、西軍から東軍に転じた功を賞されて、家康から佐賀一円の所領を安堵された。

そのため佐賀藩の主権は、名目上の龍造寺高房から、実権を握っている鍋島直茂に移った。

佐賀三十五万七千石は分割支配され、鍋島宗家の他に、鍋島支藩の蓮池《はすのいけ》藩、小城《おぎ》藩、鹿島藩に加えて、鍋島家の四庶流《しょりゅう》、龍造寺家の四分家に配分された。

このとき鍋島宗家から配分された鹿島藩こそ、もしかしたら主膳が殿さまに、なるかもしれなかった因縁《いんねん》の藩だという。

野心家たちが集まる京都では、そんな益体《やくたい》もない噂話を信じる者は誰もいなかったし、ただの与太話《よたばなし》ではないかと小馬鹿にされた。

親しくしていた洒楽斎も、主膳からその種の話を聞いた覚えはない。

しかし主膳は、尊王斥覇を唱える竹内式部の一派から、数奇な運命に翻弄された宿命の男と思われて、一目《いちもく》置かれていたのかもしれなかった。

どこの誰から聞き出したのか、さらに詳しいことまで吹聴《ふいちょう》する輩《やから》がいて、これは誰も知らない極秘の話だが、などと勿体《もったい》を付けて、所かまわずに喋り散らしていた。

洒楽斎も初めは面白がって、そんな与太話を聞いていたひとりだった。

主膳は鹿島五代藩主、鍋島直堅《なおかた》の庶子《しょし》として生まれたが、どんな事情か生後すぐに、家老の板部堅忠が貰い受けたという。

主膳が十四歳になったとき、実父の鍋島直堅が頓死した。

主膳の生母が、龍造寺隆信の血を引いていたことから、鍋島家に遺恨《いこん》を持つ龍造寺の旧臣たちが結託《けったく》し、育て親の板部堅忠を唆《そそのか》して、十四歳になる養い子の主膳に、鹿島藩主を継がせようと画策したらしい。

鍋島の支藩とはいえ、鹿島は二万五千石を領する歴《れっき》とした大名だ。

鹿島藩に龍造寺の血が入ることを、宗家の鍋島宗茂《むねしげ》が喜ぶはずはない。

しかも頓死した鍋島直堅には嫡男の直郷《なおさと》がいた。

領内には龍造寺の遺臣が多く、龍造寺の血を引く領主を待望する勢力も侮《あなど》れない。

鹿島藩のお家騒動を知った、五代目佐賀藩主鍋島宗茂の怒りに触れ、家老の板部堅忠は改易《かいえき》され、期せずして渦中の人となった主膳は、佐賀から放逐《ほうちく》されて長崎に遊学した。

長崎で唐人《とうじん》から医学と南画を学び、京に出て高名な竹内式部の門を叩いた主膳は、世の仕組みに悲憤慷慨《ひふんこうがい》して、大義名分を説く式部と意気投合したという。

そのころから、主膳は板部の姓を捨て、世に容れられぬ者が陥りがちな一種の反骨から、龍造寺主膳と名乗るようになったという。

若き日の洒楽斎が主膳と懇意になったのも、筑後久留米《ちくごくるめ》藩を震駭《しんがい》させ、蜂起した百姓が十六万に及ぶという大一揆が起こった、宝暦四年（一七五四）のことだった。

過去の亡霊にでも取り憑かれたような、妙に生臭いこの思いは、四谷の大木戸であの男の後ろ姿を見てから、洒楽斎の脳裏に付きまとって離れない。

それは洒楽斎があえて断ち切ってきた、にがく苦しい、そして甘美な、若き日の思いに直結していたからに他ならなかった。

四

御老女の初島が語った、派閥争いの発端を知るには、忠厚が諏訪藩主に就任したころまで遡《さかのぼ》らなければならない。

宝暦十三年（一七六三）八月二十五日、五代藩主諏訪因幡守忠林が隠居して、翌二十六日には、安芸守忠厚が襲封《しゅうほう》して六代藩主となった。

このときの筆頭家老は千野兵庫で、病気がちな諏訪圖書は政界から退《ひ》いていたが、嫡子の大助が父の代理として、諏訪藩の次席家老を務めていた。

隠居して藩主の座を譲った忠林は、江戸の下屋敷で風流三昧《ざんまい》の生活を続け、封を継いだ忠厚も江戸に在府したまま、京都生まれの父親に倣《なら》って、自堕落と言われかねない遊興に耽《ふけ》った。

殿さま不在の国元では、隠居した元藩主を粗略《そりゃく》に扱うわけにもいかず、親子二代の藩主を養うため、江戸屋敷の経費はおよそ二倍に跳ね上がり、諏訪藩の財政は日を追うごとに逼迫していった。

藩の財政を支えるものは、領民から取り立てる年貢《ねんぐ》しかない。

明和二年（一七六五）、千野兵庫は困窮する財政を建て直そうと、新藩主に願い出て三之丸に「新役所」を設け、領民に質素倹約を強制して、年貢の取り立てを厳しくした。

その要諦《ようてい》は、各種運上《うんじょう》（営業税）の新設と取り立て強化、畑作年貢の四分の一金納、および労役の金納など、物納一辺倒だった納税の一部を金納に替え、これまで役得として見逃されてきた中間搾取《さくしゅ》を減少させ、わずかに生じた差額を藩財政に繰り入れようとしたのだ。

これが貧農層の反感を買った。

わずかな小作を金に替えるという、面倒な手続きが増えたうえに、金銭感覚などには無縁だった貧農たちは、慣れない取引で二重の搾取に苦しむことになる。

しかし貧農層を苦しめたところで、それによって上がる収益は高が知れている。

わずかでも藩の収益を増加させるには、初代藩主が推し進めた新田開発を、さらに強化してゆく以外に遣りようはなかった。

諏訪湖の沖は遠浅のため、雨季と乾季では水位に大幅な差が出て、乾季ともなれば湖面の岸辺には泥田のような泥濘《ぬかるみ》が広がる。

雨季になると「諏訪の浮き城」と言われる高島城は、湖面に影を映してくっきりと浮かびあがるが、乾季には諏訪湖の水域が沖に遠のいて、城郭は泥田の中に取り残されたように見える。

日根野高吉が湖上に高島城を築いた戦国末期には、諏訪の浮き城は見るからに難攻《なんこう》不落《ふらく》で、堅固な要塞《ようさい》の役目を果たしていた。

しかし江戸幕府の政権が安定して、百数十年にわたって平穏な世が続けば、湖上に浮かぶ城郭はあたりの景観になじんで、風光明媚《ふうこうめいび》な風物詩となり、戦闘に備える要害《ようがい》の必要はなくなってくる。

そこに目を付けた「新役所」は、乾季になれば泥土と化す湖岸を干拓《かんたく》して、城郭の周辺に広大な水田を開いた。

八ヶ岳の峰々から流れ出た網の目のような支流が合流し、宮川《みやがわ》と上川《かみがわ》の二大河川となって、諏訪湖に注ぎ込まれる河口近くは、昔はそこまで湖面が広がっていたと言われる平坦地だった。

増水期には宮川も上川も、暴れ川となって乱流し、走り水がそのたびに流域を変えるので、宮川と上川の河川敷は、意外なほど広く、乾季になると川面に繁茂《はんも》する草や樹が、青々と繁るに任せた肥沃の地に見えた。

「この地を埋め立てる必要はありませんな。川筋に沿って堅固な堤防を築き、川の流れを迷わず諏訪湖に導けば、水運はよし、地味も肥えているので、そのまま水田として使えますよ」

賄役《まかないやく》の上田宇右衛衛門《うええもん》(後に忠厚の佞臣となる上田宇次馬の父)が千野兵庫に進言した。

阿原《あわら》と呼ばれる無耕の草刈り地は、田畑の肥料や牛馬の飼料に必要な入会地《いりあいち》だったが、新役所の方針では、税収に結びつかない空き地を許さなかった。

諏訪湖の干拓と湿地帯の水田開発は、高島城の周辺まで及んだ。

お陰で諏訪の浮き城は、秋には黄金の穂が稔った稲田に囲まれ、どう見ても難攻不落とは言えない小城になってしまった。

これに憤《いきどお》ったのは、病弱のため首席家老を千野兵庫に譲って、息子の大助に政務を代行させている、次席家老の諏訪圖書だろう。

お城の石垣の下まで新たな水田が広がり、農繁期となれば、遠慮なく響きわたる百姓たちの胴間声《どうまごえ》が、病床に横たわる圖書の耳元まで聞こえてくる。

これでお城もわが屋敷も丸腰になった、と思って鬱然《うつぜん》となり、藩主家に後継が絶えれば、領家《りょうけ》を継ぐ資格を有する唯一の家柄、と自負してきた二之丸家の圖書は、三之丸家の千野兵庫が推し進める「新役所」の政策を喜ばなかった。

「領民たちの悲嘆や不平不満は、わたくしのところまで聞こえて参ります」

若くして次席家老を務める大助には、病床に横たわる父親の憤懣《ふんまん》がよく分かっていた。

「村役人に命じて民意を問うたところ、父上が申されるように、首席家老が牛耳っている新役所の評判は悪く、無いところから無いものを取り立てようとするやり方に、百姓たちの憤懣が募っているようです」

圖書は横たわっていた病床から、蛇のように鎌首《かまくび》をもたげた。

「民百姓の苦情を記した書き付けは残っておるのか」

大助は起き上がろうとする父親に、たまたま手にしていた訴状を見せた。

「これは今日奏上された書き付けですが、この種の書き留めは、かなりの数に上っております」

圖書は病床から起き上がると、病み上がりの蒼ざめた顔に、不気味な笑みを浮かべた。

「これを江戸表《おもて》の殿に差し出して裁定《さいてい》を仰げ。殿は諏訪の領地を知らず、民意がどこにあるかもご存じないのだ。他の藩ならば百姓一揆が起こりそうな事態になっても、わが藩で騒動の兆しを見ないのは、藩士も百姓町人も諏訪大明神の氏子で、神代から続いている殿の家系は、氏子たちが信奉する明神さまの末裔《まつえい》であるからじゃ」

「わが家系もそこに連なりますな」

「そういうことじゃ。心しておくがよいぞ」

諏訪家を再興した頼忠は、四男の頼雄がお気に入りで、ゆくゆくは藩主に据《す》えるつもりだったという言い伝えが、頼雄を祖とする二之丸家には残されていたらしい。

嫡男や末弟を問わず、有能な者がその家を継ぐ、という戦国乱世の蛮風《ばんふう》は廃《すた》れて、嫡男が家督を継ぐ江戸期の慣例に従って、諏訪家でも初代藩主に嫡男の頼水が就任した。

弟の頼雄は家老となって兄を補佐し、藩主家の血統が絶えれば二之丸家が後継を出す、という暗黙の了解があったのだという。

ことの真偽《しんぎ》は分からない。

あるいは病床に横たわる圖書（頼英《よりひで》）の脳裏に浮かんだ、夢ともつかず現《うつつ》ともつかない妄想なのかもしれなかった。

もし二之丸家の口伝《くでん》がほんとうだとしたら、五代藩主を継ぐはずだった忠虎の嫡男が早世して、藩主家の後継が絶えたとき、旗本になっていた分家から養子（忠林）を迎えなくとも、二之丸家から藩主を出せば、すべてが丸く収まったはずなのに、そのような話はどこの誰からも出なかったらしい。

これを聞いた大助が、父親の妄想をそのまま信じたかどうか、はっきりしたことは分からない。

次席家老の諏訪大助は、大目付の小喜多治右衛門《こきたじえもん》に命じて、難渋《なんじゅう》する件あらば藩庁に申し出よ、というお触れ書きを諏訪領内に廻した。

困窮あらばその条々《じょうじょう》を書き綴り、封印して大目付まで差し出せ。

封書は諏訪大助が開封して直接に見るゆえ、何が書いてあろうと咎《とが》はないと心得よ。

これは筆頭家老の千野兵庫を無視した大助の、若気《わかげ》ゆえの独断専行《どくだんせんこう》と見てよい。

大助が名門に生まれながらも、領民たちに愛想がいいところから、大目付に差し出された陳情書には、遠慮のないことが書かれていた。

むろん開封する大助への苦情ではなく、諏訪湖の満水による連年の不作に苦しみ、年貢の金納に困窮しているという訴えが多かった。

新役所の政策に対する、領民たちの不平不満は沸点まで達して、このままではいつ騒動が起こってもおかしくはない。

差し出された陳情書を読んで、そう受け取った諏訪大助は、みずから馬を駆って在所に赴き、暴徒化しそうな村々を説得して回ったという。

「その方《ほう》どもの憤懣が、新役所にあることは相分かった。村ごとに差し出された陳情書は、この大助がたしかに預かる。殿は江戸にあって領民の痛みを知らぬ。わしが直々《じきじき》に殿へ陳述して、その方らの言い分を伝えよう。法令は常に変わる。いや、変えてみせる。われらは等しく諏訪大明神の氏子じゃ。氏子が苦しむようなことを、諏訪の神が喜ぶはずはない。わしはこの陳情書を持ってただちに出府する。神の血を引く聡明な殿が、わしの説得を受け入れぬはずはない。くれぐれも言っておくが、この大助が留守のあいだ、日々の困窮を藩庁に訴えたり、村騒動などを起こしてはならぬぞ。叛徒《はんと》を処する刑罰は厳しく苛酷で、その弊《へい》は孫子《まごこ》の代まで及ぶ。家老のわしとて咎を免《まぬが》れることは出来ぬのだ。いまは苦しくとも、隠忍自重してわしの帰りを待て」

そう言って百姓たちを宥めると、諏訪大助は数名の家士を引き連れて、供揃え厳しく甲州街道を江戸へ向かった。

城下を離れる大曲りの辻には、村ごとに名主たちが集まって、江戸へ向かう大助の一行を見送った。

甲州街道沿いの村々にも、泰然《たいぜん》として江戸へ向かう大助の一行を、無言のまま見送る百姓たちの姿があった。

その華々しい大助の出立《しゅったつ》を、新役所を主導してきた用人の波多野左膳《はたのさぜん》、郡奉行の井手八左衛門《いではちざえもん》、賄役の上田宇右衛門宗夢《そうむ》は、歯ぎしりする思いで見送っていたに違いない。

「新役所に対する不平不満は、わしの耳にも届いておる。しかし何ごとも殿のお為を思えばこそ、涙を呑んで断行している苛政なのだ。大助どのは民意を伝えて殿の裁断を仰ぐという。江戸表での出費が嵩《かさ》んで、藩の財政が逼迫《ひっぱく》していることを、この際に殿が知ることになるのは無益ではない。その結果として、殿がどのような裁定を下されようと、わしは黙ってそれに従うつもりだ」

三之丸に新役所を設け、財政改革に取り組んできた千野兵庫は、諏訪大助の横槍に怒りを覚えながらも、表向きは穏やかな口調で、切歯扼腕《せっしやくわん》している部下たちを宥めた。

諏訪大助の報告を受けた藩主忠厚は、新役所の悪評に驚いて、ただちに撤廃《てっぱい》するよう命じたという。

「領民からこれだけ憤懣が出ておるのに、評判の悪い新役所を続けることは相ならぬ。ただちに取りやめて元のごとくせよ」

悪評高い新役所は、殿さまの一声で廃止されたが、国元ではなんとか租税をひねり出そうと、諏訪湖の干拓だけは続けられた。

他に収入の道は閉ざされていたからだ。

失政の責任を問われて、上席家老の千野兵庫は役職を追われ、三之丸に蟄居謹慎せよと申し渡された。

代わって諏訪圖書が筆頭家老に返り咲いた。

病床を離れられない圖書に代わって、全権を委任された大助が藩政を握った。

一年後の安永《あんえい》元年（一七七二）、大助は百五十石の増禄を受け、二之丸家は合わせて千三百五十石となって、千二百石の三之丸家より上席に座り、名実ともに首席家老として藩政を主導することになる。

大助による新役所の撤廃と労役の軽減に、領民たちは赤飯《せきはん》を炊いて喜び、ありがたいありがたい、大助さまは諏訪大明神の生まれ変わりじゃ、と口を極《きわ》めて褒め讃えたという。

千野兵庫を担ぐ三之丸派が失脚した「明和八年の政変」から、若き首席家老諏訪大助の全盛期が始まり、安永元年から八年間は、大助を盟主と仰ぐ二之丸派が、対立する三之丸派を押しのけ、あらゆる藩政を独占して城内に幅を利かせた。

五

「それにしても、分からぬことがある」

　洒楽斎はゆっくりと首をひねった。

「失政を問われ、国元で蟄居謹慎していた千野兵庫が、どのような手蔓《てづる》を使って、幕閣の知遇を得ることが出来たのか。山間の小藩で八年間も逼塞していた男が、出世競争の熾烈な、江戸の人脈に恵まれていたとは思われぬが」

　洒楽斎は禁裏《きんり》を騒がせた「宝暦事件」に巻き込まれ、京を追われて山野を彷徨《ほうこう》した日々のことを思い返した。

　あのときはみずから望んで放浪したとはいえ、世を離れて人界と繋がりを失い、わが身ひとつを養うことさえ叶わなかった。

　しかし洒楽斎の場合は、おのれの意思ひとつで、山を出ることも、人交わりすることも勝手次第だったが、閉門蟄居を命じられた千野兵庫には、政敵に対する監視の目も厳しく、好き勝手に動き回ることなど許されるはずはなかった。

　千二百石の知行こそ没収されなかったが、三之丸家を背負って立つ千野兵庫は、それゆえにかえって、身動きの取れない立場に置かれていたと言えるだろう。

　国元で押し込め同然だった兵庫が、江戸の幕僚たちと親交を重ねることなど、出来るはずはなかった。

「ふつうはそう考えるわね」

　乱菊は静かな声で言った。

「でもね、係累《けいるい》を持たないあたしたちと違って、お大名たちの血縁は、網の目のように繋がっているらしいの」

　そうか、そうだったな、と洒楽斎は思った。

　暗愚《あんぐ》か賢明かを問うまでもなく、江戸屋敷に安住している大名たちは、いつも独りで生きてきた乱菊や市之丞とは、生きている場所が根底からして違うのだ。

　暗愚な殿さまと思われている忠厚の縁戚に、幕閣に繋がる有力大名がいても、彼らが取り交わす婚姻の仕組みからすれば不思議ではない。

　なるほどな、江戸に人脈を持たない千野兵庫は、殿さまの縁戚を頼って出府してきたのか。

「その辺のことになれば、あたし何も分からないんですけど」

　和泉守と安芸守は、血縁で繋がれた親類衆だったようです、と乱菊は言った。

「それにしても、幕閣の俊才《しゅんさい》と言われる和泉守と、国元の派閥争いを知らず、藩の政務にも関心がなく、幕府の役職とも無縁な安芸守が、濃密な血縁で結ばれていようとは、どう考えても理解出来ぬ」

俊才と愚鈍《ぐどん》がどうして結びつくのか。

ひょっとしたら忠厚にも、隠された才があるのかもしれぬ、と洒楽斎は思った。

バカ殿さまと言われる忠厚は、なんの掣肘《せいちゅう》もなく天然のままに生きているので、殿さまの気まぐれに巻き込まれた家臣たちが、ただわけも分からずに振り回されているだけなのではないだろうか。

困ったことに、忠厚はたぶんそのことを知らない。

天然のままで居られる地位と身分があるからだ。

誰からも抑えられない天然を、権力を持つ者が行使《こうし》したら、甚《はなは》だ危険で迷惑な事態を引き起こしかねない。

内藤新宿に道場を開いて、天然流を指南している洒楽斎は、思いがけない弱点を突かれたような気がして、ひとり苦笑せざるを得なかった。

ぼんやりと物思いにふけっていた洒楽斎を見て、

「そんなこと考えても無駄よ」

乱菊はこともなげに言った。

「ごくごく単純な話よ。和泉守さまは殿さま（忠厚）の妹婿なの」

なるほど、そういうことなのか、と酒楽斎は嫌でも納得せざるを得なかった。

婚姻は賢愚《けんぐ》と関わりがない。

情けないことに、諏訪藩家老の千野兵庫は、殿さまの妹に泣きついたのだ。

「乱菊はそのことを、御老女から聞いたのか」

酒楽斎が問うと、

「そうよ」

乱菊はにこにこしながら、屈託なく答えた。

考えるまでもないことだった。

天然自然に生きている乱菊には、酒楽斎の屈折した思いが分かるはずはない。

「しかし、覚えがよくて物知りで、冷静な判断が出来る御老女が、どうしてなんの関わりもねえ乱菊さんを呼び寄せたのか。そこのところが分からねえ」

市之丞が話を引き戻した。

「奥方さまの甥御、つまり備後福山十万石の阿部正倫さまは、奏者番と寺社奉行を兼ねているので、同じ奏者番の松平和泉守さまとは、表御殿の芙蓉間《ふようのま》で、いつも顔を合わせている親しい仲ということよ」

　幕閣や大名たちの控えの間など、知るはずもない乱菊は、初島に聞いたままをすらすらと答える。

「なるほど、そこで繋がっておったのか」

　さすがの洒楽斎も、幕閣の人事については、そこまで詳しくはない。

　雑司ヶ谷の下屋敷に逼塞した後も、幕閣への目配りを怠らない御老女は、端倪《たんげい》すべからざる政治通と言えるだろう。

「ですから、国元で謹慎していた諏訪藩の家老が、殿さまの許しもなく江戸へ出てきたことを、奥方さまの甥御（阿部正倫）さまは、御同役の松平和泉守乗寛さまから、じかにお聞きしたというわけなの」

　どうにか繋がりが読めてきた。

「それで離縁された奥方は、甥の阿部正倫から耳打ちされ、諏訪藩の派閥争いが暴発寸前になっていることを知ったわけか」

　乱菊は黙って頷いた。

　これまで以上に面倒なことに、巻き込まれてしまいそうな気がする。

　市之丞は機敏に反応して、

「やれやれ、女の恨みは恐ろしい。離縁された奥方が、どんなことを画策して、縁もゆかりもねえ乱菊さんを呼び寄せたのか。考えてみるだけでもゾッとする。こんどの一件は前のような、殺し屋の身元調べなんかとは違って、幕閣まで巻き込んだ大事件になりそうですぜ。くわばらくわばら。だから大名屋敷などとは関わらないほうがいい、とあれほど言っておいたじゃないですか」

この騒動が幕閣を巻き込んでしまえば、諏訪藩の継嗣争いや派閥争いも、ただのお家騒動では済みそうもない。

血の粛清《しゅくせい》を伴うような凄惨《せいさん》な結末を、市之丞は瞬時にして思い描いたらしかった。

乱菊は顔蒼ざめながらも、口元には笑みを浮かべて、

「そんなことではないのよ。むしろ反対。奥方さまは、藩邸に残してきた軍次郎君の身を案じて、諏訪藩がお取り潰しになるのを、なんとか食い止めようと思っていらっしゃるの」

市之丞は呆れ返って反駁《はんばく》した。

「離縁された殿さまに、そこまで義理立てすることがあるのかな。奥方さまのお人好しにも呆れるが、それ以上にお人好しなのは乱菊さんだ。御老女から何を頼まれたか知らねえが、蟄居閉門中の国家老が殿さまの妹を頼って、幕僚の屋敷に駆け込んだこ

とから、派閥争いがこれまで以上に激化したところで、恩も恨みもねえ乱菊さんと、どんな関わりがあるっていうんですかい」

市之丞は本気で憤慨しているらしい。

六

乱菊は激昂《げっこう》する市之丞を笑顔で制して、

「覚えているかしら」

と、さり気なく話題を変えた。

「投げ込み寺の山門前で、闇夜に殺された実香瑠さんが、最期に残した『竜神《りゅうじん》の髭《ひげ》』という言葉の謎を、先生は長いこと考えていらしたわね」

実香瑠が残した最期の一句を、いまになって持ち出してきた乱菊の意図が分からない。

「あれはいまだに解けぬ謎だ。実香瑠が死ぬ直前に言い遺した言葉なので、臨終に立ち会った者として、長いこと気になっていたのだが、いまだにその謎は解けぬ。リュウジンとかヒゲと聞こえたのは、絶命する寸前の実香瑠が、思わず洩らした苦悶《くもん》の呻きで、とうてい声らしい声ではなかった。あれはわしの聞き違い、あるいは勝手な思い込みであったのかもしれぬ」

実香瑠を慕う弟の上村逸馬が、殺し屋を斬って姉の仇討ちは終わった。

それで片《かた》が付いたはずの一件を、いまさら持ち出してきた意図はどこにあるのか。

酒楽斎はふと怪訝《けげん》な顔をして、

「まさかあの一件が、今回の騒動と繋がりがあるわけではあるまいな」

冗談のように言うと、

「それが大ありなの」

乱菊の眼に精気が戻っている。

「あたしが芝金杉の諏訪藩邸へ、奥女中に化けて潜り込んだのも、先生を悩ましていた解けない謎を、解く手掛かりになるかもしれない、と思ったからでしたよね」

それを聞いた市之丞は、気を取り直して喋り出した。

「あっしが甲州街道を早駆けして、諏訪の御城下まで旅したのも、逸馬の訛りを追って生国《しょうごく》を確かめようという、雲をつかむような話とは別に、先生が気にされている『竜神の髭』の謎を、なんとか解き明かそうという気持ちもあったんですぜ」

得意顔をして喋り始めた市之丞を揶揄うように、

「調子のいいことを言うわね。市之丞さんが竜神に興味を持ったのは、甲賀三郎の伝説が残る諏訪に入ってからのことでしょ」

乱菊は込みあげてくる笑いをこらえて、小刻みに肩を震わせている。

「地底に通じる蓼科山の洞窟から、竜神となって顕現《けんげん》した甲賀三郎は、いまも諏訪湖の神さまとして、土地の人から信仰されているんですからね」

市之丞も冗談で切り返した。

「ところで、竜神の髭とは、どのような意味だったのか」

初島の入れ知恵で、にわかに物知りとなった乱菊に、洒楽斎は軽い気持ちで問いかけた。

「竜神とは、諏訪湖に住むと伝えられてきた土地の精霊でしょ。真冬まで逗留《とうりゅう》するようにと、市之丞さんが土地の人から勧められたのも、諏訪湖が全面結氷すれば、竜神さまが向こう岸へ渡る『御神渡《おみわた》り』が見られるからと、お国自慢をされたわけでしょ。氷結した湖面に、轟音《ごうおん》を響かせて亀裂《きれつ》が走り、氷の割れ目が一瞬で盛り上がって、竜神さまの渡った跡が、はるか対岸まで続く『御神渡り』を拝む習慣が、あの地方にいまも残っているのは、諏訪湖の精霊、すなわち竜神さまが、まだ人々から信仰されている証しだと思うわ」

乱菊はすらすらと答えたが、これは初島の入れ知恵というわけではないらしい。

「つまり御神渡りこそ、諏訪信仰の始まりだ、とおっしゃるんですかい」

竜神伝説の主人公たる甲賀三郎が、いかにも素朴な問いかけをした。

「御神渡りを見たこともないあたしが、滅多《めった》なことは言えないけど、きっとそうなのではないかと、勝手に思っているだけよ」

乱菊に迷いはなかった。

「それは残念なことをした。諏訪湖の御神渡りが見られるまで、のんびりと上諏訪温泉で湯治《とうじ》でもして、諏訪の竜神さま、諏訪大明神の御神体、すなわち甲賀三郎が厚い氷を割って、向こう岸で待つ女神のもとへ通いなされる痕跡を、この眼で見ておくべきでした。先生との約束を気にして、大急ぎでこんな雑駁な江戸になど、帰って来るんじゃなかったな」

市之丞は憎まれ口を叩いて笑いを取った。

「風流な上諏訪の温泉宿で、長湯治をするのは結構だが、いつも財布が苦しい市之丞に、諏訪湖が氷結する真冬まで、逗留するだけの銭金があったのかな」

出来もしない強がりを、と洒楽斎は市之丞を揶揄った。

「それが、あったんですよ」

市之丞の意外な返答に、一同は呆気にとられ、

「あなたには余分なお金など、あるはずがないと思っていたわ。宵越《よいご》しの銭は持たねえ、というのが市之丞さんの口癖でしょ」

乱菊は言いにくいことを平気で口にした。

「そいつは単なる負け惜しみ。いつもピイピイしているあっしでも、有るときには有るんですよ」

さすがの洒楽斎も、笑いを抑えられずに噴き出した。

市之丞は憤然として、

「あのときは、先生とお約束した日取りを、大幅に過ぎていましたから、ひとり歌舞伎の興行が終わると、身の回りなど構っている暇はなく、汗臭くとも着の身着のまま、急いで駆け戻ってきたんです。道中もほとんど飲まず食わず、流れ出る汗を拭う暇《いとま》もなく、着ている物は泥だらけ垢だらけ、誰がどう見ても、まさかこれが江戸一番の色男、人気役者の猿川市之丞たあ思えねえ、惨めな姿でござんしたよ」

歌舞伎口調で一気に喋って、ふうっと息を継いだ。

「旅先でちょこまか稼いだ銭金などは、こんなときに限って、なんの役にも立たねえもんでござんすね」

いつも元気な市之丞が、旅先の惨めな姿を思い出し、みるみる落ち込んでしまったので、にわかに同情した乱菊は、いつになく優しい声で語りかけた。

「あら、あのときの市之丞さんは素敵だったわ。いつもより気持ちも晴れ晴れと、むしろ颯爽《さっそう》としていたわよ」

気を取り直した市之丞は、湿りがちになった座を取り持とうと思ったのか、

「乱菊さんは優しい。それでは贔屓の引き倒しというものです。あのときはほんとうにひどい目に遭いました。覚えていますか。先生は、いかにも臭そうに鼻をつまんで、フケが散るから近づくな、すぐ銭湯に入って、薄汚れた垢を洗い落として来い、てな具合に、あっしを黴菌《ばいきん》みてえに扱って、わざと顔を背《そむ》けたんじゃありませんか」

歌舞伎役者の声音《こわね》を遣い、芝居がかった身振り手振りで、いかにも恨めしそうな顔をしてみせた。

「そんなことは忘れた」

酒楽斎は笑って受け流すと、もっともらしい顔をして付け加えた。

「われわれ凡人は、いつも見た目に捉われて、内なる変化を受け入れようとしない。その後も勘違いを修正出来ず、一時の思い込みに縛られてしまうのだ。深淵《しんえん》はその奥にある。乱菊は市之丞の見かけに惑わされることなく、内に躍動している喜びを、読

み取ることが出来たのだ。お座敷芸の舞踏に工夫を加え、激しさと静寂を兼ね備えた、乱舞の芸域を練り上げてきた余徳《よとく》であろう。無粋《ぶすい》なわしなどの及ばぬところじゃ」

　言われた乱菊は、神妙に俯くより他に、返答のしようがなかった。

　冗談交じりで運ばれてきた気軽な会話に、ほんの一瞬だけ空白が生じた。

　悪戯《いたずら》っぽい顔をして、口元の微笑を絶やさなかった乱菊が、いつになく生真面目な顔になって、無言のまま洒楽斎を見つめている。

「どうされたんですか」

　しばらくして乱菊は口を開いた。

「最近の先生は、未熟な弟子たちを褒めてばかりいるわね。違うわ。あたしはいままでもあのころと同じように、悟りや解脱《げだつ》などとは遠いところでふわふわしているのよ」

　声を重ねるようにして市之丞が言った。

「先生。まさか弱気になってるんじゃないですよね。最近の先生ときたら、奥座敷に引き籠もって、四角い文字が並んだ、小難しい漢籍ばかり読んでおられる。それはお年寄りのすることです。先生はまだまだ、老け込むのは早いでしょう。たまには道場に出て、未熟な門弟たちに稽古をつけてやってくださいよ」

　事あるたびに、弟子たちを褒める洒楽斎を、先生も老いて弱気になった、などと思いたくはなかった。

書見か調べ物か知らないが、奥座敷に籠もってばかりいないで、道場に出て汗を流したほうが、心身ともにすっきりするのに、と甲賀忍び出身の市之丞は思っている。

「あたし、稽古をつけてもらいたい」

甘えた声で乱菊が言った。

「その必要はあるまい。いまや剣の腕は、わしよりもおぬしたちのほうが上じゃ」

やはり先生は、弱気になっている、と思って市之丞は言い返した。

「そんなことをおっしゃるのは、奥座敷に引き籠もってばかりで、剣術の稽古を怠っているからじゃありませんかい」

乱菊も口を揃えて、

「ふわふわしているこのあたしを、褒めてばかりいるのは変ですわ。あたしは昔のように、先生から稽古をつけてもらいたいの。いつまでもお元気でいて欲しいからよ」

ふたりの師範代から責められて、洒楽斎は嬉しそうに苦笑した。

「それほど稽古がしたければ、わが道場には津金仙太郎がおるではないか。あの男はわしより段違いに腕が立つ。すでに一流を極めたおぬしたちが、わしなどを相手に稽古しても益はあるまい」

すると市之丞は、頰を膨らませて苦情を言った。

「塾頭は誰にも真似が出来ない天才で、あっしらの手本にはなりません。それにこの半年ほどは道場に寄りつかず、お手合わせを願うことも叶わないのです」

　そんなこと言うのは、仙太郎さんに失礼よ、と乱菊は市之丞をたしなめた。

「気まま者と思われている仙太郎さんは、あれからずっと、芝金杉の諏訪藩邸に張り付いて、逸馬さんと平八郎さんを見守っているのよ。二之丸派と三之丸派の争いがこれ以上熾烈になれば、あの二人は真っ先に、斬り合う羽目《はめ》に追い込まれるでしょう。立身出世を望めるような家の出ではなく、下級藩士として惨い扱いを受けながら、剣の腕だけを認められて、捨て駒にされる尖兵ですけど、二人の勝敗が派閥存亡の鍵を握っている、と思われているかもしれないのよ。斬り合えば必ずどちらかが死に、悪くすれば相打ちになって、二人とも命を失う。そうなれば天然流を創始した先生の夢が、崩れてしまうかもしれないのよ。あの二人が本気で斬り合っているとき、その凄まじい殺気の中に踏み入って、凄惨な殺し合いを止《と》めることが出来るのは、『不敗の剣』を極めた仙太郎さんしかいないのよ。先生でも危ない。あたしではたぶん無理ね。市之丞さんだってどうなるか分からない」

　乱菊の眼が涙で曇っている。

それを見た市之丞は、慌てて詫びを入れた。

「そんなつもりで言ったんじゃござんせん。どさ回りの芝居小屋で、口から出まかせに喋っていたころの癖が出て、先生の稽古を受けたい、というあっしの思いを伝えようと、余計な尾ひれをつけてしまったのです」

洒楽斎は困り顔をして仲裁《ちゅうさい》に入った。

「何も争うことはあるまい。わしが道場に出れば済むことではないか。明日はわしも道場に立とう」

乱菊は明るく頬を輝かせて、

「嬉しい」

小娘にでも戻ったかのように、屈託のない笑みを浮かべた。

「先生に稽古をつけてもらえるなんて、ほんとうに久しぶりね。いまから明日が楽しみだわ」

落ち込んでいた市之丞も気を取り直して、

「あっしの稽古もお忘れなく」

乱菊と競うかのように、師範代らしからぬ軽率なことを口走っている。

七

「さて、実香瑠が言い遺した『竜神の髭』の意味だが」

酒楽斎は軽く咳払いをして、滞っていた話を前に戻した。

「竜神とは、湖水に住むと伝えられる諏訪の神。そこから転じて、超人的な力を持ち、いざというとき頼りになる人物を指すのであろう。髭とは、おそらく年功を経た賢者《けんじゃ》の知恵、とでもいう意味かな。甲州訛りに似た逸馬の語り癖を追って、甲州街道を旅した市之丞の土産話に、竜神となって顕現した甲賀三郎伝説があると聞いて、思いついたのはその程度のことだった。何をいまさら、と思うかもしれぬが、これまでおぬしらに黙っていたのは、これにはなんの証拠もなければ確信もなかったからだ」

虚空《こくう》に迷わせていた眼を乱菊に向けた。

「朱塗りの女駕籠を差し向けて、そなたを雑司ヶ谷（福山藩下屋敷）に招き入れ、知ることのすべてを話してくれた初島どのは、実香瑠が言い遺した『竜神の髭』について、触れることはなかったのか」

乱菊の顔から笑みが消えた。

「竜神の話は出ませんでしたが、実香瑠さんのことなら聞きました。あの娘が刺客《しかく》に殺されたのは、諏訪で謹慎中の国家老に、奥方さまの思いを伝える密使を命じたからです、可哀そうなことをしました、と言って初島さまは涙を流されました」

酒楽斎は憂鬱そうに頷いた。

「それで分かった」

実香瑠が投げ込み寺を通ったのは、闇に乗じて甲州街道へ抜ける裏道があるからだろう。

内藤新宿で殺されたのは、剣術に励んでいる弟の助けを借りようと、逸馬が通う剣道場を探して、闇の深い裏町に回り込んだからに違いない。

実香瑠が所持していた十五両は、江戸から諏訪に旅する姉と弟の往復旅費で、御老女が用立てた軍資金だろう。

御老女の初島は、実香瑠が刺客に襲われることを、あらかじめ知っていたに違いない。

「ところで」

と酒楽斎は言葉を継いだ。

「実香瑠に託された密命とは、どんな思いを伝えるためだったのか」

奥女中が密使となって国元に下る、という話はあまり聞かない。

「それは」

乱菊は表情を改め、初島から聞いたままを、粉飾《ふんしょく》を交えず洒楽斎に告げた。

「謹慎を命じられている千野家老に、佞臣跋扈《ばっこ》して忠臣散逸《さんいつ》す、まさに危急存亡の時なり。いまや是非を問う時に非《あら》ず、なにとぞ禁を破って出府されたし、と懇願する密使でした」

しかし刺客に殺された実香瑠は、密書を持ってはいなかった。

江戸から諏訪まで五日を要する道中で、渡邊助左衛門の手下たちに密書を奪われて、密命の露見を恐れた初島が、千野家老には口頭《こうとう》で伝えよ、と命じたのだという。

密書を持たない密使など、普通ならあり得ない。

実香瑠は奥方と国家老から、よほど信頼されていたに違いない。

「福山十万石の姫君が嫁ぐにあたって、輿入れ先の諏訪藩を、徹底して調べ尽した御老女が、町方同心から頼まれて奥女中に化け、いわば奥方を欺いてきた乱菊に、そこまで打ち明けるとは驚いたな。これは乱菊を縛る罠《わな》かもしれぬ」

洒楽斎も初島のやり方に、疑念を抱いたらしかった。

「御老女がすべてを打ち明けたのは、運命を共にせよという意味なのだ。乱菊は一蓮《いちれん》託生《たくしよう》を強《し》いられたのだ」

　酒楽斎は苦しそうに呟いた。

「密使として送り出した実香瑠は、御老女や福山殿にとって、最後の切り札であったのかもしれぬ」

　しかし密使は届かなかった。

　諏訪藩邸を脱け出た実香瑠は、暗殺者に襲われて、内藤新宿の投げ込み寺門前で殺され、密使に託した奥方の思いも、謹慎中の千野兵庫に伝わらなかった。

　それから半年に及ぶ空白がある。

　謹慎蟄居していた千野兵庫が、諫死《かんし》覚悟で出府したのは、芝金杉の奥方さまとは別の方面から、強い働きかけがあったからだろう。

　ではどこの誰がどのようにして、謹慎中の家老を蹶起《けっき》させたのだろうか。

　動かなかった千野兵庫を動かし、事態を一転させようとした者がいる。

　実香瑠の言い遺した「竜神の髭」とは、どこの誰とも知れぬその人物を、指していたのではないだろうか。

　刺客に殺された実香瑠は、竜神に仕える巫女《みこ》として、諏訪藩江戸屋敷の窮状を訴える使者に、選ばれたのかもしれなかった。

竜神と言われる人物は誰だろうか。

諏訪に逼塞しているという、元国家老の千野兵庫ではないか、と思ったこともある。

しかしどうやら違うような気が、いまはする。

謹慎している国家老の千野兵庫を、江戸に出府させるほどの力を持つ人物。

竜神と呼ぶにふさわしいのは、名も姿も明らかでない、その男ではないだろうか。

謎は謎のまま混迷《こんめい》して、奥座敷に引き籠もって漢籍に親しみ、暇に任せて蒐集《しゅうしゅう》してきた古文書を紐解《ひもと》き、断片的な挿話《そうわ》を組み合わせて、あれこれと憶測しているだけの洒楽斎に、確かなことなど分かるはずはなかった。

あるいは、と洒楽斎は妄想の上に妄想を重ねた。

古くから伝わる謂《い》われがあり、いまも精霊の国であるという諏訪を忌《い》んで、生き神さまの末裔と称する諏訪藩を、廃絶させようと企む勢力が、暗躍しているのかもしれなかった。

逼迫した幕府の財政を、手っ取り早く増やすやり方に、武家諸法度《ぶけしょはっと》に触れた大名家を取り潰し、主君を失った領地領民を、そのまま直轄地として幕領に加える、という阿漕《あこぎ》な手があるという。

それが幕閣の狙いだとしたら、藩内に燻《くすぶ》っている派閥争いが、幕閣の知るところとなれば、諏訪藩は絶好の餌食にされてしまうだろう。

「だから危ねえと言うんです。いずれにしても諏訪藩の廃絶に関わることだ。俸禄を貰っていた藩が潰れたら、城勤めの藩士たちは一斉に浪人し、その家族や使用人を含めて、大勢の人々が路頭に迷うことになる。謹慎中の千野兵庫を召喚《しょうかん》しようと企《くわだ》て、密使に選ばれた実香瑠が、刺客に殺されてしまうほど、藩内の争いは外に漏れてはならねえ秘事《ひじ》なのです。知っただけでも命が危ねえ。知ってしまえば後には退けねえ。乱菊さんは御老女の術中に、うまく嵌められたんじゃあねえんですかい」

市之丞は眉を顰《ひそ》めた。

「いやいや。いまの初島どのには、芝金杉にいたころの権勢はない。乱菊の情にすがるより打つ手はないのだ」

楽観している洒楽斎に、市之丞は軽く舌打ちして、

「だから初島という御老女は、稀代《きだい》の策士だと言うんです。権勢では動かないが情で動く。そういう乱菊さんの性癖を知り尽くしたうえで、危ねえ企てに引き込もうとしているんですぜ」

乱菊は俯いたまま黙り込んでいる。

「それほどの悪女とは思えぬが」

洒楽斎は笑って打ち消した。

「じゃあ、実香瑠の場合は、どうなってるんですかい」

市之丞の疑念は晴れないようだった。

御老女の密使となって、江戸藩邸を出た実香瑠は、殺し屋に命を狙われていることを、あらかじめ知っていたのだろうか。

「それはなんとも言えぬな」

密使となった実香瑠は、刺客に狙われることを予期して、天然流を学ぶ弟の逸馬に、助力を求めようとしたに違いない。

刺客に殺されたとき、実香瑠は逸馬が通う道場の、すぐ近くまで来ていた。

この三年を、離れ離れに暮らしてきた姉と弟は、ついに生きて逢うことが叶わなかった。

「悲しい姉弟だ」

下士の家に生まれた上村逸馬は、剣の腕を認められても出世には縁がなく、派閥争いの尖兵として使い捨てにされるだろう。

美貌《びぼう》を認められて、奥女中に召し出された実香瑠も、奥勤めの派閥争いに巻き込まれて暗殺された。

遠目には優雅に見えた奥勤めも、一歩そこに踏み込んでみれば、生と死が隣り合わせの修羅場《しゅらば》だった。

危険に晒されている姉を助けようと、天然流道場で「不敗の剣」を学んでいた上村逸馬は、実香瑠を守れなかったことを悔やんで、励んできた剣の修行を、あやうく投げ出してしまうところだった。

そして霧の深い晩に、実香瑠の悲鳴を聞いた洒楽斎は、見えぬ夜道に足元を奪われ、女を救おうとして間に合わなかった。

「すべてが無駄になってしまったわけだ」

洒楽斎は深い溜息をついた。

「お可哀そうに」

と言って乱菊は目頭《めがしら》を押さえた。

八

実香瑠が密使を命じられたのは、お世継ぎをめぐる二之丸派の陰謀が、露骨《ろこつ》になってきたころだという。

出頭人《しゅっとうにん》の渡邊助左衛門は、殿さまのご機嫌を取り結ぶため、奥方（福山殿）に養育された庶子の軍次郎君を廃して、若い側妾（キソ殿）が産んだ腹違いの庶子（鶴蔵君）に、家督を継がせようと企んでいた。

それを知った奥方は、謹慎中の千野兵庫に出府を促し、君側の奸《かん》である渡邊助左衛門、近藤主馬、上田宇次馬を、家老の権限で押さえ込もうと画策したらしい。

初島が語った複雑な挿話を、乱菊は分かりやすく整理していた。

乱菊の再話によって、正室の福山殿が離縁された顚末《てんまつ》も見えてきた。

洒楽斎は手短にまとめた。

「起死回生《きしかいせい》を図った御老女の企ては、実香瑠の死によって失敗した。未然に揉み消されたこの事件が原因となって、正室の福山殿は有無を言わさず離縁されたのだ。おとなしく奥殿に引っ込んでおればよいものを、女人《にょにん》の身でありながら、藩政に口を挟《はさ》もうとした不心得者、と厳しい咎めを受けたわけだ」

「離縁の理由はそれですかい。ちょっと違うんじゃねえかな」

市之丞はひとり憤慨している。

「むろんこれは、側用人渡邊助左衛門の見解だが、事実無根とは言えぬ弱みもある。正室の福山殿は、奥女中の実香瑠を密使に立て、謹慎中の家老を蹶起させ、藩政を揺るがしかねない騒動を引き起こそうとしたのだからな」

渋い顔をして洒楽斎は言った。

「でもそれは、軍次郎君思いの奥方さまが、良かれと思ってなさったことよ」

奥女中を務めていた乱菊には、福山殿や御老女の初島を、どうしても贔屓目に見てしまう癖がある。

「世俗のことに興味を持たない殿さまは、側用人の渡邊助左衛門、近習の近藤主馬、世子守役の上田宇次馬などの二之丸派と、常住坐臥《じょうじゅうざが》を共にされ、骨の髄《ずい》まで取り込まれておられる。壺を心得たご機嫌取りの、心地よい言葉に慣らされておるのだ。他の意見が耳に入る余地はないのであろう」

洒楽斎は乱菊と正面から向かい合った。

「それよりも乱菊。御老女からどんな事を頼まれたのだ」

触れようとして何故か触れず、いつの間にか離れてしまう話題だった。

「そこそこ。あっしが知りてえと思うのは、そこのところですよ。乱菊さんの語り口は巧妙で、話はいつも回り道して、なかなか肝心なところに辿り着かねえ。何か言いにくいことでもあって、わざとはぐらかしているんじゃねえでしょうね」

市之丞の眉間《みけん》に深い縦皺《たてじわ》が刻まれている。

江戸一番の色男を自称している市之丞が、こういう表情を見せることは滅多にない。

片意地で情にもろい乱菊が、よその家のゴタゴタに巻き込まれることを、本気で心配しているらしかった。

「離縁されて屋敷を出た奥方の行列が、殺し屋の鬼刻斎に襲われたとき、乱菊さんがとっさに遣った体捌きを、『胡蝶の舞い』などと褒めちぎったところからして、あの御老女はどうも怪しいと思っていた。まさか乱菊さんを助っ人に頼んで、渡邊助左衛門の役宅に、殴り込みでも掛けるつもりじゃねえでしょうな」

しおらしく俯いていた乱菊は、市之丞の大袈裟な物言いに、思わずクスクスと笑い出した。

「残念ながら、的外《まと》れよ。歌舞伎のお芝居じゃないんだから」

乱菊はいつもの調子を取り戻していた。

「笑い事で済めばいいんですがね」

ホッとした市之丞は、未練がましく嫌味を言った。

「大したことではないのよ。あたしの口からは、言い出し難かっただけ」

乱菊は改まった顔をして、酒楽斎と市之丞を交互に見た。

もう誤魔化しきれない、と腹を括《くく》ったようだった。

「初島さまのお目当ては、あたしではなかったわ。ただ仲介役を頼まれただけです」

　意外だった。

「どういうことなのか、さっぱり分からねえ。大仰な朱塗りの女駕籠を、これ見よがしに道場の玄関口まで担ぎ込み、雑司ヶ谷の閑静な下屋敷へ呼び出した乱菊さんに、御正室を離縁した諏訪藩の内情を、洗い浚い語り聞かせて共犯に誘い込む、という手の込んだ仕掛けを使いながら、お目当てが違うとは合点《がてん》がいかねえ」

　ボヤき始めた市之丞を抑えて、洒楽斎は沈鬱な声で断言した。

「すでに初島どのは目的を達しておられる」

　市之丞は眼を白黒させて問い返した。

「どういうことですか」

　洒楽斎は憂鬱そうな顔をしている。

「初島どのが執念で調べ上げた、諏訪藩の内情を知ったからには、われらもまた御老女と同じ、退くに退かれぬ立場に追い込まれてしまったのだ。雑司ヶ谷から帰ってきた乱菊に、われらが根掘り葉掘り聞き出すことで、御老女が仕掛けた巧妙な罠に、知らぬ間に嵌まっていたのだ」

　洒楽斎の持って回った説明が、なんだか穿《うが》ちすぎているように思われて、市之丞には返事のしようもなかった。

乱菊も同じように受け止めたのか、言おうとしていたことを、声になる前に呑み込んでしまった。

洒楽斎にしても、言いたかったことが真っ直ぐに伝わったかどうか、確かな自信があるわけではなかった。

それぞれの思いが三竦《さんすく》みになって、次に続く言葉が見つからない。

重苦しい沈黙に耐えかねて、

「御免なさい。あたし、浅はかでした」

絶え入るような声で乱菊が言った。

「気にするな。こうなることは、初島どのに読まれていたのだ。浅はかだったのはわしほうだ。乱菊から根掘り葉掘り、聞き出してしまったのだからな。乱菊は問われたことを、初島どのから聞いたとおりに伝えたまでのこと。後ろめたく思うことはない」

すると市之丞が、悲鳴のような声をあげた。

「先生や乱菊さんが、浅はかだったわけではありません。詮索《せんさく》好きなあっしの饒舌《じょうぜつ》が災いして、巧妙に仕組まれた御老女の策略に、まんまと嵌まってしまったのです」

酒楽斎は気を取り直し、

「こうなればわれらは一蓮托生。初島どのから何を頼まれたのか、いまは遠慮なく話してもらおうか」

悄然《しょうぜん》としている乱菊を促した。

「いまのいままで迷っていましたが、思い切って言ってしまいます。初島さまから仲介を頼まれたのは、先生にお逢いしたいということです」

これもまた意外だった。

「えっ」

「どういうことだ」

酒楽斎と市之丞は、それぞれ受け止め方の違った、驚きの声をあげた。

乱菊は聴き手の反応を気にしながら、

「先生を煩わせたくないと思って、話が戻りそうになるたびに、さり気なく話題をそらして、先延ばしにしてきたのですが、もう誤魔化せませんね」

ふうっと深い溜息をついて、

「初島さまの長い話が終わった後で、さり気なく切り出された頼み事なので、つい弾みで引き受けてしまいましたが、そのあとのお話はありませんでした。ぜひ力を貸してほしいと言われたことについても、詳細に語られることはなかったのです。そうなれば、わざわざあたしを雑司ヶ谷まで呼び出したのは、先生との手蔓を求めてのことかもしれませんね」

それを聞いた市之丞は憤慨した。

「ずいぶん回りくどい手を使いやがる」

洒楽斎にはなんの反応もなかった。

「雑司ヶ谷を辞してから、先生にどう伝えようかと悩みました。初島さまが話された諏訪藩の内情と、どんな関係があるのか、どう考えても分かりませんでしたから」

乱菊はいまも戸惑っているようだった。

重苦しい雰囲気を破ろうとして、市之丞はわざと失笑を買うような戯《ざ》れ言《ごと》を叩いた。

「御老女の寂しさを慰めるお相手なら、堅苦しい先生より、役者崩れのあっしのほうが、似合っていると思いますがね。さすがの御老女も、男を見る眼まで備わっちゃいねえらしい」

誰も笑わなかった。

「初島さまがお会いしたいのではなく、先生にお会いしたいとおっしゃる方は、他にいらっしゃるのです。初島さまはその方から、折り入って仲介を頼まれたようなのです」


いきなりお鉢が回ってきた洒楽斎は、不意の展開に戸惑っていた。

「さて、誰であろうか。道場の門口はいつでも開かれておる。会いたければ遠慮なく訪ねて来ればよかろうに」

乱菊は遠慮がちに言った。

「そのお方は人混みに出ることを、極端なほど嫌われるそうです。もし先生がご承知くださるなら、駕籠を回してお迎えしたい、と申されておるようです」

どうやら軽く聞き流せるような話ではないらしい。

「待ってくれ。妙に人目を引く朱塗りの女駕籠を、道場に乗りつけられたら、またまた野次馬たちが集まってくる。とんだ迷惑というものじゃ」

洒楽斎は座を和《やわ》らげようと、慣れない冗談を口にしてみたが、やはり誰も笑わなかった。

乱菊は大きな眼を見開いて、心配そうに洒楽斎の顔を見つめている。

「ひょっとして先生は、その人物と会うつもりなんですかい」

気まずい沈黙を破って、市之丞が遠慮がちに口を開いた。

「初島どのが何を企んでいるのか、まだ全容が見えてこない。回りくどい手を使ってまで、わしに会わせようという謎の人物は、ひょっとしたら諏訪家の内紛と、関わりがあるのではなかろうか。ならばここは拒まずに、その方と会ってみるのも面白いではないか」

それを聞いた市之丞は、思わず両手を盾にして洒楽斎の軽挙《けいきょ》を諫《いさ》めた。

「乱菊さんだけかと思いきや、先生までが御老女の口車《くちぐるま》に乗せられようとは、危なっかしくて見ちゃいられませんや。どこの誰とも知れねえ奴と、会うことなんかありませんよ」

激昂する市之丞を、洒楽斎は軽く制して、

「初島どのを介してまで、わしと会いたいと申す人物に、まんざら心当たりがないわけではないのだ」

数日前に四谷の大木戸で、龍造寺主膳に似た男を、見かけたことを打ち明けた。

「あのときから気になっていたが、確かなことが分からないので、おぬしたちには黙っていたのだ。もう二十年以上も昔になるが、騒動の陰に必ず龍造寺主膳あり、と言われていた男と、かなり親しくしていたことがある。四谷の大木戸で見かけた男が、長く消息を絶っていた主膳だとしたら、江戸のどこかに騒動が起こっているのではないか、と気になっていたのだ。わしに会いたいという人物が、龍造寺主膳だとしたら、江戸で起こっている騒動とは、諏訪藩の内紛かもしれぬ。主膳は人中に顔を晒せない男だ。十数年前の明和事件で所払いの刑を受け、江戸へ出てくることなど出来ぬはずだ。四谷の大木戸で見かけた男が主膳だとしたら、諏訪藩の内紛が発端《ほったん》となって、天下を揺るがす騒動になるかもしれぬ」

酒楽斎は過去を語らない男だった。

だからといって、過ぎし日を忘れていたわけではないらしい。

「わしの勘が当たっていたら、主膳は諏訪藩の騒動を発端にして、世を変えようと企てているのかもしれぬ。去る慶安《けいあん》四年（一六五一）に、由井正雪《ゆいしょうせつ》が幕府転覆《てんぷく》を企てたとき、丸橋忠弥《まるばしちゅうや》は江戸の町を焼き払い、火事場の混乱に乗じて、慌てて城を出てきた幕閣を、討ち取ろうと画策していたという。どうせ講談や芝居の作り話だろうが、あの龍造寺主膳なら、そのくらいのことはやりかねないだろう。主膳は由井正雪や丸橋忠弥と違って、空理空論《くうりくうろん》を弄《もてあそ》ぶ口先ばかりの男ではない。もしあの男が二之丸の一件に関わっていたら、騒動は諏訪藩だけに留《とど》まるまい。初島どのに仲介を頼んでまで、わしに会いたいという男が、果たして龍造寺主膳かどうか、会って確かめてみなければならぬのだ」

何かに憑かれているような、うつろな顔をして酒楽斎は言った。

先生はどうされてしまったのかしら、と乱菊はめずらしく動揺していた。

ここに仙太郎さんがいてくれたら、と思わずにはいられない。

あの人ならごく自然に、波立ってしまったこの場を収め、先生の暴走を宥めることが出来るのに、と乱菊は切ないほどに思い続けた。

しかし津金仙太郎は、朱塗りの女駕籠に乗った乱菊の、供侍に成りすまして雑司ヶ谷に行ったまま、行方をくらまして姿を見せなかった。

第三章　天龍道人《てんりゅうどうじん》

一

会うことを承諾した洒楽斎が、仲介役の御老女から指定された密会の場所は、乱菊が朱塗りの女駕籠で招かれたときと同じ、雑司ヶ谷の福山藩下屋敷だった。

諏訪藩邸から出た初島どのは、他に密会の場も思いつかないほど、世間を狭くされているのだろうか、と思って洒楽斎は少し気の毒になった。

しかし物は考えようだ。

洒楽斎に会いたいという男が、十数年前に江戸所払いの罰を受けた龍造寺主膳だとしたら、奏者番を務める阿部正倫の下屋敷は、むしろ絶好の隠れ場所かもしれなかった。

そこなら町奉行所の手はおろか、大目付でも容易に立ち入ることの出来ない安全地帯だ。

しかし安全と危険は常に裏腹で、閑静な下屋敷とはいえ、まったく人の眼がないわけではない。

御老女の周辺には、下屋敷を預かる留守居役の眼が光っているだろう。

離縁された出戻り伯母（福山殿）の佇び住まいに、見知らぬ男客の出入りがあれば、上屋敷の福山藩主（奥方の甥）阿部正倫に報告されないはずはない。

奏者番が詰める芙蓉の間で、退屈しのぎの雑談でも始まり、座を盛り上げようとした正倫が冗談半分に、伯母の浮気にも困ったものだ、などと口を滑らせたりしたら、たちまち幕閣の知るところとなり、どのような処分が下されるか知れたものではない。

「いかにもあの男らしい遣り口だ。相変わらず危ない橋を渡っているらしい」

やはり会ってみる他はないだろう、と洒楽斎は思った。

洒楽斎の来意を確かめる使者として、内藤新宿の天然流道場に現れたのは、つい先日も訪れたばかりの武家娘、芝金杉で乱菊と同輩だった奥女中の掬水だった。

この女はよほどの健脚《けんきやく》とみえ、雑司ヶ谷から内藤新宿まで、裾も乱さない軽妙な足捌きで、一気に駆け抜けてきたらしかった。

「またお会い出来たわね」

乱菊は嬉しそうに微笑んだが、内心ではどうやらあやしいと思って、如何にも親し気に振る舞っている掬水の動きを注視していた。

先日は御老女の使いだったが、今回の来訪はそればかりではないらしい。

奥座敷で書見中に呼び出され、面倒くさそうに、道場の控えの間まで出てきた洒楽斎に、雑司ヶ谷から駆け付けたばかりの掬水は、息も乱さず依頼された口上《こうじょう》を伝えた。

「出来るだけ早くお会いしたいと、その方は申しておられます」

誰がそう言うのかと聞き返すまでもなく、相手はどうやら御老女ではないらしい。

いきなり洒楽斎の脳裏に、四谷の大木戸で見かけた、あの男の後ろ姿が浮かびあがった。

相手の都合も考えず、一方的な要求を突きつけるのは、龍造寺主膳のやり方に似ている、と洒楽斎は思った。

あの男、何かを急いでいるらしい。

間に合うだろうか、と洒楽斎は危惧《きぐ》した。

二十数年前のあの日も、龍造寺主膳は理由も言わずに、洒楽斎を急《せ》かしたものだった。

そして、わずかな遅れで間に合わなかった。

固く封印してきた苦《にが》い思いが、いまになってふつふつと蘇《よみがえ》ってくる。

あのときから、生き方を変えたのだ、と洒楽斎は思う。

にもかかわらず、未練がましく捨てきれない思いが、どこかに残っていたらしい。

「御用件はしかと承った、と伝えてもらおうか」

洒楽斎は重々しい声で、涼しげな顔をした掬水に言った。

この女は何を伝えようとしているのか、ほんとうのところがどうも分からぬ、と洒楽斎は思っている。

朱塗りの女駕籠に乱菊を乗せ、小走りに後を追う掬水を見て、市之丞が呟くような声で言ったことがある。

「掬水と名乗るあのお女中は、きっと伊賀《いが》かどこかの女忍びですぜ」

市之丞は一目見ただけで、掬水の素性を見抜いたらしかった。

掬水が甲賀の忍びなら、甲賀三郎と言われた市之丞が、国元を同じくする女忍びの、顔や身元を知らないはずはない。

伊賀甲賀に知らない忍びはいない、と豪語している市之丞も、掬水と名乗る女忍びの噂を、これまで耳にしたことがなかった。

謎の多い女だ、と思って市之丞は掬水を警戒している。

ひょっとして、掬水が女忍びと知っているのは、御老女初島の他には、どこにもいないのではないだろうか。

いまどき忍びなど流行《はや》らない、などと賢《さか》しげに言う連中もいる。

忍びはすでに過去の遺物、滅びてしまった種族、と一般には思われているのだろう。

しかしそれは、ものを知らない連中が言うことだ、と洒楽斎は思っている。

その証拠には、ここに甲賀三郎という忍びが、情も未練もあるこの世の人として生きているではないか。

現実に市之丞がいるからには、とうに滅びたと思われている忍びが、どこに隠れ住んでいようと不思議ではない。

掬水と名乗るあの女も、そういう隠れ忍びの一人なのだろうか。

あれが謎の女忍びか、油断も隙もないわい、と洒楽斎は楽し気に呟いた。

右腕と頼んだ実香瑠を殺され、乱菊にも逃げられた御老女は、たとえ阿部正倫の居《い》候《そうろう》に身を落としても、手足となって働いてくれる女忍びだけは、手元に残しておきたかったのかもしれない。

これも御老女の賢明な判断、と言うべきだろう。

福山殿の行列を雑司ヶ谷に見送ってから、芝金杉の諏訪藩邸に戻らず、行方を絶っていた乱菊が、内藤新宿の天然流道場にいることを突き止めたのは、表向きは侍女として奥方さまに仕えている女忍び、掬水の働きに違いない。

奥殿を仕切っていた御老女が、諏訪藩の内情に詳しかったのも、掬水と名乗る女忍びの、陰働きがあったからだろう。

芝金杉の諏訪藩邸に忍び込み、乱菊と忍語《しのびことば》で話す甲賀忍びに、女忍びの掬水が気づかなかったはずはない。

市之丞と乱菊の怪しげな動きは、掬水から御老女へ報告されていたに違いない。

乱菊の不審な動きを知りながら、これまでと変わらず召し使っていた初島は、腹の据わった御老女と言うべきだろう。

迎えの駕籠を出そう、と申し出た御老女の配慮を、酒楽斎は豪快《ごうかい》に笑い飛ばした。

「お約束は承知した。今日の七つ刻《どき》（午後四時ごろ）には参ろう。わしは窮屈《きゅうくつ》な駕籠に乗ることを好まぬ。歩いて参るから御懸念《ごけねん》には及ばぬ」

ではあたくしが、ご案内いたしましょうか、と申し出た掬水の好意も辞退して、

「気楽が何より」

と嘯《うそぶ》いた酒楽斎は、まだ田圃が残っている田舎道を、のんびりとした足取りで雑司ヶ谷へ向かった。

二

穏やかな陽射しを浴びて、黄金色に輝く稲穂が、そよそよと渡る風に煽られ、ゆたりゆたりと波打っている。

稲穂が揺れるたびに、さやさやと鳴る乾いた音が、耳朶《じだ》の奥まで伝わってくるような気がした。

風が吹き過ぎてゆく畦道《あぜみち》に立って、思い切り背を反《そ》らせた洒楽斎は、吹き抜けてゆく風を、気持ちよさそうに吸い込んだ。

「やはり田舎の風はうまい」

荷駄《にだ》を引く馬のいななきや、客を呼ぶ飯炊き女たちの嬌声《きょうせい》が絶えない、内藤新宿の喧噪から離れて、風にそよぐ稲穂をのんびり眺めていると、なぜか忘れていた日々が、蘇ってくるような気がするのは、老いを迎えつつあるこの身にも、旅に暮らした若き日の思いが、いまも残っているからなのだろうか。

ゆるんでいるな、と思って洒楽斎は気を引き締めた。

これから訪ねる雑司ヶ谷に、予期せぬ騒ぎが待ち受けていないとは限らない。

御老女初島に仲介を頼み、是非とも会いたい、と言ってきた男が、洒楽斎が予期する龍造寺主膳なら、あの男は邪魔になると見極めた相手を、その場で密殺することも辞さないだろう。

狭苦しい駕籠に押し籠められたまま、御簾越しに鎗や刀で刺し貫かれたら、どのように立ち回ろうと逃れようがない。

田圃に囲まれている大名の下屋敷は、一歩でもその邸内に入れば、よくも悪しくも俗世間とは没交渉の別天地で、広大な屋敷内で何が起ころうと、町奉行所などの関知するところではないからだ。

「駕籠などに乗ってしまえば、虜《とりこ》にされたようなものですぜ」

そう言っていた市之丞は、見え隠れに後をつけてゆくことを、渋る洒楽斎に承知させた。

何かあれば連携して、どんな危難《きなん》でも避けることが出来る。

「少なくとも、雑司ヶ谷までは何ごともあるまい」

洒楽斎は過剰に心配する市之丞を宥めた。

これからどうなるかは、正体不明なその男と、呼び出された下屋敷で会ってからの話だ。

「出来たら市之丞は、どこか安全なところに、身を隠していたほうがよいだろう。おぬしの疑っている掬水が、もし伊賀の女忍びなら、下屋敷に忍び込む甲賀者を、黙って見逃すはずはない。まだ敵か味方か分からぬ相手から、変に勘ぐられては身も蓋もあるまい。いたずらに警戒されるより、何もかも開けっ広げの対応が、いざというときには身を救うのだ。わしの身はわしに任せておけばよい」

洒楽斎はそう言って、市之丞を内藤新宿に帰らせようとしたが、抜け忍狩りを恐れていた臆病な甲賀忍びは、ただ黙って師匠を見返すばかりで、納得したようには見えなかった。

市之丞の奴、どうしているかな。

洒楽斎はふと気になって、曲がりくねった田圃道をふり返ってみたが、市之丞の姿はどこにも見当たらなかった。

さすがに甲賀一の忍びと言われた男、晴れ渡った空の下でも、身を隠す術《すべ》を心得ているとみえる。

心配することはあるまい、と洒楽斎は思い直した。

ああ見えても市之丞は、若くして甲賀三郎と呼ばれた忍びの名人、掬水と名乗る出所不明の女忍びが、たとえ敵方にまわろうとも、よもや後れを取るようなことはあるまい。

わずかに日が傾いて、野面を吹き渡る風の音が、激しくなったような気がする。

ざわざわと稲の穂が揺れる。

今夜は雨になるかもしれぬ、と洒楽斎は思った。

あいにく雨具の持ち合わせはない。

砂利場と呼ばれる道筋は、右手に農家が連なり、左手には広々とした田圃が広がっているが、金乗院《こんじょういん》の屋根瓦が見え始めるあたりで田地は終わり、古い漆喰《しっくい》が所どころ剝げ落ちて、壁面が斑《まだら》模様になった白壁が始まっている。

金乗院を過ぎても福山藩下屋敷の壁は続き、冠木門《かぶきもん》や裏口は、どこを眺めても見当たらなかった。

はてな、と思案していると、

「お迎えに参りました」

知らない女から、いきなり声をかけられた。

不意を襲われた洒楽斎は、咄嗟《とっさ》に後方へ飛び退いて、思わず備前長船《びぜんおさふね》の柄《つか》に手をかけようとした。

その動きがよほど滑稽《こっけい》に見えたのか、

「あたくしでございますよ」

女は笑いを抑えているようだった。

いつ現れたのか、長々と続いている白壁を背に、どこで鍛えられた隠れ忍びであろうかと、つい先ほど洒楽斎が狐疑《こぎ》していた、奥女中の掬水が立っていた。

虚《きょ》が実《じつ》になって現れたような錯覚に襲われて、洒楽斎は一瞬の戸惑いを隠しきれない。

掬水はくすんだ白を基調とした、淡い縞柄《しまがら》の着物を身に着けている。

よほど注意して見なければ、背景の白壁に溶け込んでしまいそうな、曖昧《あいまい》で目立たない図柄と色合いの衣装だった。

その場所には影のようなものが漂っていたが、遠目には壁と溶け合って、人の形とは見えなかったのだ。

「要《い》らざることを。駕籠の出迎えや案内は遠慮する、とあれほど言っておいたではないか」

深々と腰を屈《かが》めて挨拶する掬水を、軽く睨みつけるようにして、洒楽斎は不機嫌な声で言った。

「でも、あたしがご一緒しなければ、表門を守っている番人に咎められて、お屋敷に入ることは出来なくなります」

何か含むところがあるのか、掬水は平然として答えた。

「これは奇怪な。わざわざ呼び出しておきながら、このわしの来訪を、屋敷の留守居役に伝えてはおらぬのか」

軽く見られたものだと思って、洒楽斎の声に怒気《どき》が混じった。

掬水は洒楽斎の意中を汲み取って、

「あの方がそれをお望みなのです」

囁くような声で言った。

「あの方とは」

「渋川《しぶかわ》さまでございます」

秘密めかした声で、掬水はそっと告げた。

「はて」

渋川などという名に心当たりはなかった。

御老女が回りくどい策を用いてまで、会わせたいと望んでいる男が、龍造寺主膳ではなかったことに、洒楽斎は半ば《なか》ホッとしながらも、その反面では残念に思う気持ちのほうが強かった。

「知らぬ名だが、どのようなお人なのかお分かりか」

「あの方は先生のことを、よく存じ上げていると申されます」

揶揄《からか》うような口調で掬水は言った。

小癪《こしゃく》に障《さわ》る言い方だが、思い当たることは何もなかった。

「ともかく、お会いしてみれば分かることです」

掬水は先に立って歩き始めた。

三

「こちらでございます」

掬水に案内されたのは、四ツ家町《よっやちょう》と向き合った表門ではなく、金乗院に面した白壁の一角を切り取って、新たに造られた通用門だった。

漆喰が剝げかけた土塀の一角に、まだ檜の香りが匂う長屋門《ながやもん》が取り付けられ、そこは福山殿が使う通用門になっているらしい。

もっとも、奥方さまが出歩くことはほとんどないから、初島と掬水が出入りするだけの門口だろう。

門に付属する侍長屋には、庭番の男衆が住んでいて、掬水に伴われた洒楽斎を見ると、満面の笑みを浮かべて邸内に案内した。

「与之助《よのすけ》は声が出ませんが、頼りになる男です」

掬水に言われるまでもなく、天然流道場に乗り入れた朱塗りの女駕籠を、物見高い野次馬どもから守っていた屈強な供侍で、気の毒に声を失っているので、何かを守ろうとすれば恐ろしい顔になり、好意を示すときは満面の笑みを浮かべて、思うことを伝えようとしているらしい。

どうやら門番どのには気に入られたようだ、と洒楽斎は少し安堵した。

しかし掬水と一緒でなければ、一徹《いってつ》そうなこの男、簡単には通してくれそうもない。だから言ったでしょ、という顔をして、掬水は洒楽斎を茶室風の小邸に案内した。

小邸は渡り廊下で繋がれた二棟に分かれていて、福山殿と初島は棟の低い屋敷に住み、屋根の高い別棟は客室として使われているらしい。

掬水は洒楽斎を別棟に案内すると、

「あとは渋川さまにお任せして、あたしはこれで引き取らせていただきます。もし御用があれば、玄関口に置いてある木魚《もくぎょ》を、三回だけ叩いてください。すぐに参りますから」

この女にはめずらしく愛想笑いを浮かべた。

「待っていたぞ、鮎川数馬《あゆかわかずま》。まことに久しぶりじゃな」

玄関口に現れた男は、親し気に声をかけてきたが、洒楽斎には相手が誰なのか、さっぱり分からなかった。

鮎川数馬とは、二十年前に洒楽斎が捨てた名で、その名で呼ぶからには、旧知の人物に相違ないが、その名もその顔も、すぐに出てはこなかった。

洒楽斎が鮎川数馬の名を捨ててから、おのずから生き方を変えるほどの歳月が過ぎ、お互いに見た目も骨柄《こつがら》も変わっているはずで、一体どこの誰なのか、にわかに見当がつかなかった。

「渋川どのと言われるか」

洒楽斎は怪訝そうな顔をして問いかけた。

すると渋川と名乗る老齢の男は、右腕を捲《まく》り上げて、隆々と盛り上がる力瘤《ちからこぶ》を見せた。

「歳月は人を変える。わしも老いぼれて皺くちゃになったが、これだけは昔と変わらぬ。わしと腕相撲をしたことを覚えておろう」

鍛え抜かれた筋肉は衰えを見せないようだった。

武術に自信があった洒楽斎も、腕相撲ではこの男に敵《かな》わなかった。

渋川は傍《かたわ》らに置かれた重そうな鉄球を取り上げて、

「いまでもこれを愛用して、筋骨《きんこつ》が衰えぬよう鍛えておるのだ。腕力が衰えては、何を言おうと、口先だけの空理空論、と若い連中から失笑《しっしょう》されるだけだ。たとえ顔面に皺は刻まれても、筋骨だけは衰えぬよう鍛錬《たんれん》している。おぬしもやってみないか」

手渡された鉄球は、最近は道場に出て、門弟に稽古を付けるようになった洒楽斎が、思わず取り落としそうになるほど重かった。

この鉄球には覚えがある。

京の安宿でも主膳はこれを離さなかった。

赤黒い鉄球が底光りしているのは、これを使う男の手脂《てあぶら》で、ピカピカに磨かれているからに違いない。

渋川などと名乗るので、かえって分からなくなってしまったが、この男はやはり龍造寺主膳なのだ、と洒楽斎は確信した。

すると歳月が逆戻りしたかのように、二十数年前に夜を徹して語り明かした龍造寺主膳の顔が、まるで手妻師《てづまし》の芸で、皺くちゃな色紙が水中で花開くように、見知らぬ老人の顔が、若き日と変わらぬ主膳の面影となって、洒楽斎の脳裏《のうり》に生き生きと蘇ってきた。

「龍造寺主膳どのか」

酒楽斎が確かめると、主膳は嬉しそうに笑った。

「覚えていてくれたか。いまは渋川貫之《つらゆき》を名乗り、虚庵《きょあん》と号しておる。おぬしと肝胆《かんたん》相照《あいて》らしていたころは、龍造寺主膳と名乗って、世の仕組みを変えようと思っておった」

騒動の陰に龍造寺主膳あり、と疫病神《やくびょうがみ》のように言われていたこの男が、なぜか酒楽斎の前では開けっ広げで、策謀《さくぼう》をめぐらせて世を騒がすような、危険な人物には見えなかった。

「ところで、鮎川どの」

渋川虚庵が何か言いかけようとしたとき、酒楽斎は照れ笑いを浮かべて、

「じつは拙者も、わけあって鮎川数馬の名を捨て、いまは酔狂道人《すいきょうどうじん》酒楽斎と名乗っているのです」

と断って、いまの名を告げた。

渋川虚庵は愉快そうに笑った。

「おぬしも名を変えたか。それにしても、酔狂とか、しゃらくさいなどと、ずいぶん

世を拗《す》ねた変名ではないか。わしは龍造寺主膳を葬らなければ、生き延びることは出来なかったが、平穏無事に世を渡ってきたように見えるおぬしにも、切り捨てねばならぬ過去があったものとみえる。ゆく川の流れは絶えずして、しかも元の水にあらず。歳月は人を変え、あるときは人が水の流れを変えてゆくのも世の常だが、流れからはみ出してしまう者もいるだろう。わしなどは淀《よど》みに浮かぶうたかたというより、水中に根を伸ばそうと足掻《あが》いている、頼りない浮草のようなものじゃ。持って生まれた性癖は、ゆく水に流されまいと努めても、容易に変えることは出来ないものらしい。初心を貫くと言えば聞こえは良いが、変わらぬことによって流れから外れ、先陣に踏み込もうと思っていても、いつの間にか廃《すた》れ者となっていたことへの、脱力感と虚しさを、晩年が近づくにつれて、思い知らされることになるのだ」

愚痴《ぐち》になりそうな老境を語っても、主膳の饒舌《じょうぜつ》ぶりは昔と変わらず、いささかも衰えてはいなかった。

「それで虚庵と号されたのか」

洒楽斎が合いの手を入れると、主膳は軽く両眼を瞑《つむ》り、波乱万丈の歳月を送って、いまは老いぼれてしまった男の声で呟いた。

「色即是空《しきそくぜくう》、空即是色。この世は空《くう》と思い定めたが、あの世もまた虚ではないか。虚庵とはこの世に生きるわしの姿じゃ」

これが年を経た男の感慨だとしたら、あまり聞きたくないセリフだった。

洒楽斎は二十数年前の、才気あふれていた龍造寺主膳を知っている。

ついそのころの思いに誘われて、

「それはそれで見事な生き方ではござらぬか。虚庵どのに比べたら、拙者はいつまでも未練がましい。どう生きたところで、所詮《しょせん》この世は酔生夢死《すいせいむし》。名を捨て欲に走る世の風潮を、しゃらくさい、と斜《はす》かいに見ながらも、未練がましい思いが、どこかに残っているようでござる」

日頃の鬱々とした思いを、昔の同志に打ち明けた。

「浮世のことが気になる、という差し出がましいおぬしの気性は、どう名を変えようと、昔に変わらぬということか」

龍造寺主膳は豪快に笑った。

「ところで鮎川どの」

渋川虚庵がまた昔の名前で呼びかけたので、洒楽斎は照れくさそうに、

「いまは洒楽斎と名乗ってござる」

虚庵の言い違いを正《ただ》そうとすると、

「まあよいではないか。今宵はまた昔のように、鮎川数馬と龍造寺主膳に戻って、腹《ふく》蔵《ぞう》なく語り合おうと思って、わざわざおぬしを招いたのだ」

久しぶりに再会した龍造寺主膳は、本音で語り合おうと思っているらしい。

主膳が隠れ住む雑司ヶ谷まで、どこの誰とも知れぬ女忍びを使って、わざわざ洒楽斎を呼び出したのは、宝暦事件で追放されてから二十数年を経て、主膳が本音で語れる仲間たちは、いなくなってしまったのかもしれない。

ある者は刑死し、ある者は遠島となり、他の者たちも所払いとなって諸国に散った。

若くて熱気にあふれていた同志たちも、いまはほとんどが行方不明になって、生死のほども定かではない。

重い鉄球を使って、いまも筋骨を鍛えているという主膳は、手応えのある話し相手に、飢えているのかもしれなかった。

人によって毀誉褒貶《きよほうへん》はあるが、少なくとも龍造寺主膳は、本音で生きてきた男だった。

波乱万丈に見える生き方も、主膳が望んでそうなったわけではない。

あの男のように生きたい、などと思っている若者は、いまはどこを探しても見当たらないだろう。

近頃はそれぞれが本音を隠して生きている。

平穏な世はそのようにして、どうにか保《たも》たれているのだ、と洒楽斎もいまは思う。

本音でこの世に向き合えば、政権を揺るがしかねない騒動が、次から次へと起こったとしても不思議ではない。

いまの洒楽斎は、破滅と背中合わせの安穏《あんのん》に、眉を顰めながらも、あえて論難《ろんなん》はしない。

みずから封じてきた苦い過去があるからだ。

夜が更けるのも忘れて、主膳と語り合った熱い思いが、どこでどう洩《も》れたのか、師匠の竹内式部に累《るい》を及ぼし、若手貴族たちを巻き込んで、内裏を揺るがす「宝暦事件」として、世を騒がすことになったのだ。

あれは百年早すぎた、と洒楽斎は思う。

若さが災いして理念ばかりが先走り、機が熟すまで待てなかったのだ。

そのため世の流れから孤立して、わずかな爪跡も残すことなく壊滅《かいめつ》してしまった。

あのとき感じた痛恨の思いは、いまに至るまで燻《くすぶ》り続けているらしい。

あえて切り捨てたはずの、奇妙ななつかしさと、それに伴う鈍重な痛みが、地底から噴出する伏流水《ふくりゅうすい》のように蘇って、世の流れとは無縁に生きてきた、と思っている酒楽斎を、いまさらのように当惑させる。

主膳はそれと察して、

「心配するな。ここには聞き耳を立てる者などおらぬ。それどころか、じっとしていると人恋しくなりそうな、まことに寂しげな雑司ヶ谷の下屋敷だ」

安酒を飲んでつい声高になり、見知らぬ男に密告されて壊滅した、宝暦事件のお粗末な顚末《てんまつ》を、主膳も思い出したらしかった。

「隣室に酒席を用意してある。おぬし、酒は嫌いではなかろう」

いやむしろ、酒豪と言うべき男だったな、と主膳は機嫌よく笑って訂正した。

「遠慮はいらぬ。わしが気を利《き》かせたわけではない。掬水というあの御女中に、用意させた酒席なのだ」

謎の女忍びと知ってか知らずか、主膳はめずらしく奥女中を褒めた。

「掬水は聡《さと》い女中だ。何も言わずとも、わし好みの馳走《ちそう》を揃えたり、女人の身で屋敷の警備にも抜かりはない。見張り役の掬水が居れば、何を語ろうとも安心じゃ。今宵は飽きるまで飲み明かそうではないか」

龍造寺主膳は昔と変わらぬな、と酒楽斎は思った。

ひとたび信じた相手は最後まで疑わない、という律儀さを、主膳という男はいまも持っているらしい。

瞬時にして相手を見抜く眼力に、よほどの自信があるのだろう。

騒動の陰に必ず龍造寺主膳あり、と憎まれ口を叩かれてきた男だが、たまたま事件の渦中に巻き込まれただけで、いずれの騒動も主膳が仕組んだ策謀ではなかった。

しかしその結果として、主膳は心ならずも京や江戸から追放され、やむなく世間を狭めてきた男なのだ。

そんな主膳だから、かつて意気投合した洒楽斎に、本音を見せて憚《はばか》らないのだろう。

今夜は楽しく飲めそうだ、と思って洒楽斎はひとまず安堵した。

しかし緊張と安堵に、時を同じくして襲われたので、直近《ちょっきん》の記憶はかえって曖昧になり、師匠の身を案じて見え隠れに後をつけてきた、師範代の市之丞がいることを、うっかり忘れてしまっていた。

市之丞はまだそのことを知らない。

四

別室の大きな襖《ふすま》には、曲がりくねった老松や、屈曲した枝を伸ばした紅白梅が、画面いっぱいに描かれていた。

さり気なく足を踏み入れると、あたかも坪庭《つぼにわ》の中にでも入ってゆくような、閑静なたたずまいに包まれた気がしてくる。

主膳と酒楽斎が、差し向かいで飲むはずだった酒席には、何故か食膳は五脚揃えられ、羹《あつもの》と冷奴、焼き魚と椀物が、朱塗りの膳に載っている。

熱燗徳利《あつかんとつくり》は小さな炉《ろ》で温められ、ほのかな酒の薫りが室内に漂っていた。

「これは豪勢な。宝暦の京都で安酒を酌み交わしていたころとは、だいぶ趣向が違うな」

主膳と飲むとなれば、どうしても二十数年前のことを思い出してしまう。

「おぬしの来訪を知って掬水に用意させた、これは御正室さまのご厚意じゃ。しかし酒だけは、京で飲んだ味が忘れられぬな」

向かい合いに座った主膳は、酒楽斎の盃に並々と酒を注《つ》いだ。

しばらくは互いに盃を傾けて、味と薫りを楽しんでいたが、

「ところで主膳どの。どのような縁があって、福山藩の下屋敷に出入りしておられるのか」

酒が入ると遠慮が消えて、酒楽斎は単刀直入に訊いた。

「明和に処刑された山県大弐に連座して、わしが江戸所払いを受けた身であることは知っておるな。渋川虚庵の正体が、龍造寺主膳と分かれば、立ちどころに町奉行所の手が回り、よくて叩き刑、悪くすれば八丈島《はちじょうじま》に流されるかもしれぬ。江戸で安宿を取るのは危険なのだ。酔えばつい気を抜いて、大言壮語《たいげんそうご》を喚《わめ》き散らし、喧《やかま》しいと腹を立てた隣室の客に密告され、志を同じくする仲間たちが、一斉に検挙されるという、いかにも間の抜けた失敗談があるからな」

主膳が言う「宝暦事件」には、酒楽斎の生き方を変えた痛恨の思いがある。

その九年後に江戸で起こった「明和事件」でも、主膳は刑死した山県大弐に連座して、江戸所払いになっている。

どんな魂胆《こんたん》があって、主膳は江戸に舞い戻ってきたのだろうか。

酒楽斎の逡巡《しゅんじゅん》を知ってか知らずか、主膳は構わずに話を続けた。

「大名の下屋敷は土地も広く、名所旧跡を模した庭園や、趣向《しゅこう》を凝《こ》らした数寄屋《すきや》造りが、複雑な渡り廊下に繋がれて、迷路のように入り組んでいる。これは遊び心の結果とはいえ、いわば守るには易《やす》く攻めるには難《かた》い、城郭《じょうかく》と同じような造りと言ってよい。たとえ密告する者があろうとも、大名屋敷は法外の地、不浄役人が踏み込んでくるという心配もない。ここは絶好の隠れ場所なのだ」

しかし、二十年以上も消息を絶っていた龍造寺主膳が、出入りを禁じられている江戸に潜入して、早々に絶好の隠れ家など捜し出せるはずはない。

「おぬしはどのような手蔓から、雑司ヶ谷の下屋敷を借り受けて、江戸暮らしの根城《ねじろ》にすることが出来たのだ」

酒楽斎の疑問に、主膳は笑って答えた。

「知れたこと。諏訪藩の元家老、千野兵庫の手引きじゃ。兵庫が筆頭家老のとき、いまは離縁された御正室が輿入れされた。若き日の御家老は、異郷の姫君に手厚かった。御正室はそのころから、兵庫を頼りにしていたらしい。諏訪藩邸を出たいまも、渋川虚庵を泊めてもらえぬかと兵庫に頼まれると、二つ返事で引き受けてくれたそうじゃ」

主膳は三之丸派の参謀役として、身の危険も顧みず、江戸に出てきたということか。

「なるほど、それでこの屋敷が、新たなる策謀の根城になっているわけだ」

転んでも只では起きない男らしい、と思って酒楽斎は軽く皮肉を飛ばした。

主膳は胸元で大仰に手を振って、

「おいおい。物騒《ぶっそう》なことは言わんでくれ。わしは世間で思われているような策謀家ではない。野心もなければ欲心もなく、それなのに騒動らしきものがあれば、何故か渦中に巻き込まれて、そのたびに痛い目に遭ってきた運のない男なのだ」

それもそうだ、と洒楽斎も思う。

「では何のために。おぬしにはあまり居心地のよくないはずの、江戸表に出てきたのだ」

いろいろ憶測するよりも、主膳の口から直接聞いて確かめたい。

「うん。それはな」

主膳が照れくさそうに口ごもると、襖を隔てた渡り廊下から、遠慮がちな咳払いが聞こえてきた。

はて、この別邸には、主膳の他に人はいないはずだが、と洒楽斎は不審に思い、曲《くせ》者《もの》でも潜入したのかと、傍らの備前長船に手を伸ばしかけた。

すると、紅白梅を描いた重そうな襖が、するすると音もなく開いて、

「そのことについては、わたくしが説明いたしましょう」

掬水を従えた御老女の初島が、長く引いた裾を静々と滑らせ、宴《えん》たけなわとなった男たちの宴席に、臆《おく》する風もなく入ってきた。

「これは御老女どの」

洒楽斎が驚いて居ずまいを正すと、初島は柔らかな笑みを浮かべて、

「遠慮なさいますな。まだあの折のお礼も申し上げておりませぬ。お目に掛かれて嬉しゅうございます」

初島が言うあの折とは、殿さまに離縁された御正室が、芝金杉の諏訪藩邸を出た晩のことだろう。

屋敷を追われた福山殿の、女ばかりの行列を警固して、落ち着き先の雑司ヶ谷まで送り届けたのは、乱菊の窮地を救おうと、鎖帷子《くさりかたびら》まで着て、芝金杉に駆け付けた洒楽斎と、虚無僧《こむそう》に化けた津金仙太郎、師範代の猿川市之丞という、天然流道場の高弟たちだった。

初島はあの晩のことを、よほど恩に着ているらしかった。

あのとき夜目にも鮮明に、きらりと光った初島の涙を、洒楽斎はいまも覚えている。

そしてあのとき、仲間たちに囲まれた乱菊を羨《うらや》んだ初島も、単純で情にもろい洒楽斎の本性を、見抜いていたのかもしれなかった。

初島はたおやかに腰を折って、空いていた席に着いた。

だが二つの席が空いている。

掬水は廊下に控えているから、そこに座るのは掬水ではないだろう。

空いている席には誰か座るのか。

「ここはよい。あとは門内を見張ってくりゃれ」

初島は短くそう命じて掬水を去らせた。

掬水は深々とお辞儀をすると、紅白梅の描かれた重い襖をするすると閉め、そのまま音もなく消えた。

わずかな気配も残さない、見事としか言いようのない挙措動作《きょそどうさ》、やはり掬水は女忍びであったのか、と洒楽斎は改めて思い返した。

そのときになって、途中で帰そうとしても帰らず、忍び隠れに後を付けてきた、甲賀忍びがいたことを、洒楽斎はいまさらのように思い出した。

忍びは影のような存在なので、龍造寺主膳と再会した洒楽斎は、途中から姿を隠した市之丞のことを忘れていたが、邸内に潜入した甲賀忍びと、見張りに立った女忍びが、邸内で鉢合わせをしたらどうなるか。

忍びと忍びが争えば、凄惨な闘いになると聞いている。

それが闇の中の争いとなればなおのことだ。

洒楽斎はいまになって、敵地に向かう師匠の身を案じて、見え隠れに尾行してきた市之丞の安否が気になった。

「その席にはどなたが参られるのか」

空いている席に眼をやると、さり気ない風を装って初島に訊いた。

初島は眼を細めて、

「掬水をお迎えに出しましたが、果たしていつ参ることやら」

何かを仄《ほの》めかすような言い方をした。

二人の曖昧なやり取りを見て、主膳はもどかしそうに笑い飛ばした。

「まあよいではないか」

主膳は初島の企みを知っているらしい。

「誰が来るかは後の楽しみ。出るまで待とう宵《よい》の月。さいわい酒は存分にある。飲んで待つのも興《きよう》のうちじゃ。躾《しつけ》に厳しい初島どのも、こればっかりは、嫌いなほうではないだろう」

主膳は朱塗りの膳から徳利を取り上げて、

「一献《いっこん》差し上げたいが、受けてもらえるかな」

初島はにっこり微笑むと、酒盃を差し出して主膳の酌《しやく》を受けた。

乱菊ほどの色気はないが、初島の飲みっぷりも悪くない。

五

「わが右腕と頼んだ実香瑠を、危険を承知で密使に立てたのは、蟄居閉門している千野兵庫どのに、蹶起を促すためでした」

ほんのりと頬を染めた初島は、これまでのあらましを洒楽斎に語った。

「軍次郎君に危難が及ぶことを恐れた奥方さまは、奥女中の実香瑠を密使に立て、三之丸派を代表する千野兵庫の、蹶起を促そうとされたのですが、実香瑠は内藤新宿の裏通りで、渡邊助左衛門が放った刺客に殺され、奥方さまの思いは、国元にまで届きませんでした。そうとは知らない兵庫どのは、三之丸の一室に逼塞したまま動きません。その間に江戸屋敷では、側用人の渡邊助左衛門が、殿さまの耳元に口を寄せて、何が御不満なのか奥方さまは、謹慎中の千野兵庫に、謀反を促す密使を送られましたと讒言《ざんげん》し、殿さまの怒りに触れた奥方さまは、その場で離縁されてしまったのです」

そこまでは洒楽斎も知っている。

「殿さまは諂《へつら》い阿《おもね》る渡邊助左衛門、近藤主馬、上田宇次馬など、二之丸派に属する側近たちに取り込まれて、いわば囚われ同然の身となって居ります。それに勢いを得た助左衛門は、いよいよ増長して専横《せんおう》に振る舞い、兵庫どのを盟主とする三之丸派の人々は、いずれも藩の役職を解かれ、鬱々とした日々を送っておりました」

乱菊から伝えられた同じ話を、また聞かされるのかと思うと、洒楽斎は少々ウンザリして、

「藩内の派閥争いに御継嗣争いが絡んで、お家騒動になったわけですな」

話の先を急ぐよう促した。

「よくご存じですね」

初島はにっこり微笑んだ。

乱菊に語り聞かせた諏訪藩の秘事が、洒楽斎に洩れなく伝わっていることを確かめて、御老女は満足したに違いない。

「御正室さまはお子に恵まれず、側室のトメ殿が産んだ軍次郎君を、御継嗣と決めて養育されておりましたが、渡邊助左衛門に唆《そそのか》された殿さまは、佞臣から勧められた若い側妾のキソ殿を寵愛され、生まれたお子にも眼がないごようす。これを見た助左衛門はほくそ笑んで、キソ殿が産んだ鶴蔵君を御継嗣に立てて、殿さまのご機嫌を取り結び、わが世の春を楽しもうと、邪魔になる軍次郎君に毒を盛ったり、いかがわしい祈禱師に命じて、呪殺《じゅさつ》しようと企てたのです」

それも洒楽斎は知っている。

しかしそのころから藩邸内の動きは、市之丞も匙《さじ》を投げるほど錯綜して、初島から実情を知らされた乱菊の話を聞くまでは、わけの分からないことだらけだった。

実香瑠が殺されてから、三之丸派の盟主千野兵庫の蹶起もないまま、ただ徒《いたずら》に半年が過ぎ、江戸屋敷は渡邊助左衛門一派に壟断《ろうだん》されて、事態は悪化の一途《いっと》を辿《たど》るばかりだという。

動かぬ千野兵庫を動かしたのは誰なのか。

そんな力を持っている人物が、奥方さまの他に誰かいたのだろうか。

少し間をおいて、初島はおもむろに言った。

「諏訪大助の独断ぶりや、財政難に苦しむ藩の困窮を見るに見かねて、謹慎中の千野兵庫を蹶起させたのは、ここにおられる渋川虚庵どののです」

主膳は照れくさそうに苦笑した。

「長らく眠っていたお節介癖が、つい出てしまったというわけだ」

なるほど、と頷く洒楽斎に促されて、初島は先を続けた。

「離縁された奥方さまは、諏訪家とは縁のない身になられました」

それなのに、いまも諏訪藩の騒動に関わろうとしている初島は、どんな執念に衝《つ》き動かされているのだろうか。

その辺の経緯を、初島は説明した。

「禁を破って出府なさった兵庫どのは、君側の佞臣渡邊助左衛門が実権を握っている藩邸に入れず、進退に窮して殿さまの妹婿、松平和泉守乗寛さまのお屋敷に駆け込まれたのです」

和泉守は若くして奏者番を務める俊英で、役柄上からみて、いまの政権を担当している幕閣とも親しい。

ある意味では、両刃《もろは》の剣にもなりかねない位置にいる人物だった。

その辺は、雑司ヶ谷から戻って来た乱菊に、かなり詳しいことを聞いている。

「そこで和泉守どのと同じ奏者番、阿部正倫（奥方さまの甥）殿によって、一度は離れてしまった奥方さまと諏訪藩が、思いがけない因縁の糸で繋がれたわけですな」

しかし、それで事が収まろうとは思えない。

洒楽斎は冗談めかして訊いてみた。

「策謀家の龍造寺主膳を抱き込んで、御老女は何を企んでおられるのか」

初島は驚いて問い返した。

「いま言われた龍造寺主膳とは、どなたのことでございますか」

初島は主膳の前歴を知らないようだった。

しばらくは間《ま》の悪い沈黙が続いた。

「この男、口が軽くて困る」

主膳は苦々しい顔をして、洒楽斎を睨みつけると、低い声で言った。

「龍造寺主膳とは、それがしが捨てた名でござる。いまの拙者は渋川虚庵。捨てた名に未練はござらぬ。どうか忘れていただきたい」

初島に旧姓を知られることを、主膳は嫌っているらしい。

困惑した主膳の顔を見て、不用意にも初島の前で、主膳の前歴に触れてしまったことを、洒楽斎は悔やんだ。

酒を過ごして配慮を失い、つい口を滑らしてしまったが、龍造寺主膳とは、人に知られてよい名ではなかった。

みずから仕組んだことではないが、主膳は幾つかの騒動に連座している。

主膳の半生は騒動の失敗、その後の逃亡と流浪《るろう》に費やされたと言えるだろう。

若き日に、熱い思いを語り合った龍造寺主膳も、いまは渋川虚庵と名を変えて、諏訪湖の畔にある湯の町で、静かに暮らしているという。

「渋川虚庵というよりも、天龍道人《てんりゅうどうじん》のほうが通りがよいかもしれぬ。わしは世俗から離れて、甲州の葡萄《ぶどう》や、諏訪の鷹《たか》を描いて、身過ぎ世過ぎの暮らしを立ててきたのだ」

京の仲間たちからは、野心家と思われていた龍造寺主膳も、宝暦と明和の粛清を経て、世を捨て世に隠れ、生き方を変えてきた男だったのだ、と洒楽斎は改めて思った。

龍造寺主膳と意気投合した鮎川数馬が、宝暦事件に連座して京都から追放され、諸国を放浪して南画風の水墨画を描いたり、農閑期の百姓たちに武術を指南して、辛《かろ》うじて露命《ろめい》を繋いできたように、主膳は名を捨て過去を捨てて、若き日に長崎で学んだ南画を描いて世を渡り、仙人のような暮らしを続けて来たのだという。

「呼び出した相手が誰か分からず、雑司ヶ谷に来るまでは怪訝に思っていたようだが、それはおぬしの不覚というものだ。剣術を選んで絵筆を捨てたというが、物の真相をつかみ取る絵描きの眼まで、おぬしは捨ててしまったようだな。数日前に四谷の大木戸ですれ違ったとき、わしは一目見ただけで、おぬしを鮎川数馬と見抜いたぞ。おぬしは不審そうに立ち止まって、わしの後ろ姿を見送っていたが、どうやら確信が持てないらしく、後を追って声をかけることをしなかった」

主膳はあの情景を鮮明に覚えているらしい。

「大木戸ですれ違ったのは、やはりおぬしだったのか。拙者は気づかずに通り過ぎたが、どこか見覚えがあるような気がして、しばらく後ろ姿を見送っていたのだ。あの独特な足捌きは、たしかにおぬしのものと思われたが、歳月の隔たりは遠く、これという確信を持てなかったのだ」

　この場に初島がいることを忘れたかのように、共に老いを迎えた洒楽斎と主膳は、過ぎてしまった歳月への感慨《かんがい》に浸っていた。

「その辺のところが、おぬしとわしが過ごした、二十数年という歳月の違いだ。わしは剣を捨てて風雅に遊び、流れ着いた諏訪湖の畔で、絵師として身を立ててきた。おぬしは絵筆を捨てて武技を選び、武芸者としてわしの体捌きを忘れなかった。四谷の大木戸でおぬしとすれ違ったとき、わしは歳月に洗われた鮎川数馬の顔をしかと見定めたが、それはわしが絵師となって、物の本質を見極める眼を養ってきたからで、年を経ても変わらぬおぬしの骨相を見抜いて、瞬時にして昔を今に置き換えることが出来たのだ。それぞれの生き方の違いは、こういった些細《ささい》なところにも現れてくる」

　なぜあのとき、声をかけてくれなかったのだ、などと文句を言えないことが、洒楽斎には分かっている。

　四谷の大木戸は、昔のように木戸番が人改めをすることはなくなったが、出入り口に堅固な石垣を廻らした、厳重な構えであることに変わりはない。

明和の一件に連座して、江戸所払いの刑に処されていたと噂の主膳は、あそこで名を呼ばれることを避けたかったのだろう。

「ここに居られる天龍道人というお方は、諏訪藩の鷹匠《たかじょう》と親しく、鷹匠に飼われている鷹と寝起きを共にし、高貴な猛禽《もうきん》の真髄《しんずい》を捉えて、いわゆる花鳥風月とは一味違った、気骨ある画風に到達した絵師と言われています。わたくしも、鋭い眼で俗界を睥睨《へいげい》している鷹の絵を、一幅《いっぷく》だけですが所蔵しておりますよ」

諸事に詳しい初島は、主膳の言い足りないところを補った。

しかし酒楽斎が知りたかったのは、天龍道人が描いた鷹の絵ではない。

六

酒楽斎は機嫌を直した主膳に向き合うと、手にしていた酒盃《しゆはい》を膳の上に置いて、真摯《しんし》な顔で問い直した。

「では改めて訊くが、風雅《ふうが》に遊び、絵師となって平穏な日々を送ってきた貴殿が、どうして諏訪藩のお家騒動などに関わっておられるのか」

俗塵《ぞくじん》を離れて風雅に遊んでいる主膳が、俗臭芬々《ぞくしゆうふんぷん》たる家督争いに加担している理由が分からなかった。

宝暦の龍造寺主膳は、世の仕組みを変えようと、気宇壮大《きうそうだい》なことを考えていて、よその家のいざこざに首を突っ込むような些事《さじ》には、見向きもしない男だった。

酒楽斎の問いかけに、主膳は意外な返答をした。

「騒動の渦中にある千野兵庫と、天龍道人を名乗るこの渋川虚庵は、世俗を離れた風雅の友なのだ」

酒楽斎は愕然《がくぜん》とした。

世の仕組みを変えることに、こだわり続けていた龍造寺主膳が、いまでは個人的な友誼《ゆうぎ》を優先して、小藩の派閥争いに関わっているのか。

「おぬしの腹が読めぬ。世俗を離れて風雅に遊ぶ仙人《せんにん》が、ただ個人的な友誼だけで、世俗の粉塵《ふんじん》が舞い飛ぶお家騒動の渦中に、進んで身を投じようとは思われぬのだ」

主膳は不興気《ふきようげ》に、分からぬ奴だという顔をして黙り込んだ。

その場を読んだ初島は、何を思い出したのか、遠慮がちに割り込んできた。

「お待ちください。先ほどうかがった龍造寺主膳というお名前から察するに、もしや虚庵どのは、戦国末期の九州で、島津義久や大友宗麟と覇を競った、龍造寺隆信の血統を、継いでおられる方なのではございませぬか」

武家の故事に詳しい初島は、数十年前に肥前鹿島藩で起こった、龍造寺家の遺臣が策動したお家騒動のことを、思い出したらしかった。

酒楽斎は京にいた二十数年前に、肥前鹿島藩主の庶子だった主膳が、龍造寺家の遺臣たちに担がれて、お家騒動の渦中に投げ込まれた、という風聞《ふうぶん》を耳にしたことがある。

しかしこの騒動は、鍋島宗家の逆鱗《げきりん》に触れ、改易された一族は離散したという。

龍造寺主膳は、殿さまに成りそこなった男だ、という嘘かほんとうか分からない噂話が、しばらくは仲間内で、まことしやかに囁かれていたことがある。

主膳は初島の問いかけを、事もなげに笑い飛ばした。

「益体もないことを言われる。誤解を招くような憶測をされるのは迷惑でござる。そのような疑いを避けるために、渋川虚庵と名を改めたのだ。さようご承知おき願いたい」

主膳のキッパリした物言いに、こやつ嘘をついているな、と酒楽斎は直感した。

酒楽斎には正直で開けっ広げな主膳が、詮索好きな御老女を警戒して、見えすいた隠し事をしている。

龍造寺家の遺臣たちに担がれて、鍋島宗家から弾圧を受け、養い親の一族と共に放逐された家督争いの一件は、主膳が触れられたくない過去であったに違いない。

宝暦のころには、主膳はこの噂を肯定もしなければ否定もせず、鷹揚な笑みを浮かべて聞き流していたが、いまの打ち消し方には、どこか切羽詰《せっぱ》まった思いがあるような気がする。

京にいた同志たちの間で、面白い噂話として、内々に語られていた鍋島騒動との関わりに、本人がいまもこだわっているらしいのも、闊達《かったつ》な主膳しか知らない洒楽斎には、意外なことに思われた。

主膳が千野兵庫を説いて蹶起させ、身の危険も顧みず、所払いを受けた江戸に出て、諏訪藩のお家騒動に関わっているのは、みずから体験した家督争いの記憶が、主膳を突き動かしているからに違いない。

龍造寺家の残党に担がれた年少期の自分と、同じように二之丸派と三之丸派に担がれて、庶子と庶子が家督を争うお家騒動が、主膳には重なって見えてくるのかもしれなかった。

いずれも庶子を担いでいるのは、藩内で対立している両派閥で、担がれた本人が知らないところの争いだ。

鹿島支藩の不穏な動きが、鍋島宗家を激怒させ、鹿島藩家老だった養家は改易、一族郎党ことごとく放逐された苦い思いが、いまも主膳を突き動かしているからに違いない。

そのとき主膳は十四歳だったという。

殿さまの庶子軍次郎君も、たしか同じような年頃らしい。

毒を盛られたり、あやしい祈禱師から、呪殺されそうになった軍次郎君と、継嗣騒ぎに巻き込まれて一族が離散したわが身の境遇を、主膳は重ね合わせているのかもしれなかった。

主膳にすれば、思い出したくもない過去で、騒動の陰に龍造寺主膳あり、と言われるようになったその後の転変《てんぺん》は、余儀なく与えられた苦渋《くじゅう》だったのだ。

放浪の果てに山峡の異郷、森と湖の豊かな諏訪に流れ着いて、温泉で湯治しながら鷹や葡萄の画を描き、家老の千野兵庫と風雅の友になった主膳が、永住の地と定めた諏訪の安泰を望むのは当然だろう。

それ以上の関わりは持ちたくない、と思う主膳の気持ちも痛いほど分かる。

宝暦事件で離散した同志たちは、名もなく貧しく片意地に、永住の地を求めて彷徨《さまよ》っていたのだ、と洒楽斎はいまとなれば思う。

主膳が思い定めた永住の地は、いまも竜神伝説が残る諏訪湖の畔で、俗塵を嫌った酒楽斎が辿り着いたのが、皮肉にも雑駁で俗気《ぞくけ》に満ちた内藤新宿だった、というだけの違いにすぎない。

「ところで」

酒楽斎は話題を変えようと、一座の者たちに声をかけた。

いつまでも同じところに留まっていても埒《らち》は明《あ》かぬ。

乱菊から聞いた話と同じことを、ここでまた繰り返されても退屈なだけだ、と酒楽斎は思っている。

あえて話題を変えようとしたのは、みずから封印してきた過去を、いまになってあれこれ詮索されるのを、主膳は好まないだろうと思ったからだ。

龍造寺家の興亡《こうぼう》に話が移れば、酒席の話題は芝金杉の騒動から離れて、主膳が嫌がる方向へ、ずるずると逸《そ》れてしまうに違いない。

「このような酒席を設けて、拙者を雑司ヶ谷まで呼び付けたのは、取りとめのない雑談をするためではあるまい。暮れ六つの鐘はとうに鳴り、いまはさらに夜も更けておる。そろそろ本題に入ってもらおうか」

酒楽斎の苛立ちに気づいた初島は、それとなく主膳に目配せをして口を開いた。

「呼びつけるなどと、そのような失礼なことをいたしたつもりはございません。わたくしどもには、相談に乗っていただきたい事があって、僭越《せんえつ》ながらお招きした次第です」

気位の高い御老女、と聞いていた初島が、いきなり下手《したて》に出ると思わなかった。

苛立ちを見せた洒楽斎のほうが、位《くらい》負けしたのかと戸惑ってしまう。

「拙者は口下手で、少し言葉が過ぎたようじゃ。ならばこの辺で無駄話は控えて、その相談とやらをうかがおうではないか」

不機嫌になっていた主膳が、洒楽斎の狼狽《うろた》えぶりを、相変わらずの男だなと思ったのか、にやにやしながら眺めている。

「まだ酒席は空いております。この席が埋まってからでなければ、相談することは出来ないのです」

それで同じ話題を繰り返して、全員が揃うまで時間つぶしをしていたのか、と思って一応は納得した。

よく考えてみれば、乱菊の語り口と初島の口ぶりには、同じことを語っても微妙なズレがある。

冷静沈着と思っていた初島の話には、事の当事者ゆえに感情が先走って、意外なところで好悪《こうお》が際立っているが、乱菊の語り口は、同じ内容でも好き嫌いを抑えて、程よく整理されていたことが、いまになれば分かる。

乱菊はいまも成長を続けているようだ、と思って洒楽斎は安堵した。

深川《ふかがわ》の料亭で、乱舞を披露していたころの乱菊は、触れなば壊れそうなほど過敏すぎる小娘で、それゆえに芸者仲間との距離感に苦しんで孤立していた。

このままでは潰れてしまう、と思って洒楽斎はあれこれ手を尽くしてみたが、小娘はみずから張り巡らした垣根の外に出ることを、なぜか頑《かたく》なに拒んでいた。

そっと見守るだけの日々が続き、洒楽斎のほうが苦しくなってきたころ、暴漢に襲われた先読みのお菊が、乱舞の所作で先の先を取り、粗暴な男を難なく撃退したことを、嬉しそうな顔をして洒楽斎に告げた。

そのときから、過敏すぎる小娘は乱菊と名を改め、幼いころから修行を重ねてきた「舞踏」を、おのれを守る「武闘」に援用しよう、と思い始めたようだった。

これまで辛抱強く見守ってきた洒楽斎を、乱菊は師匠として慕うようになったが、武技としての乱舞は、洒楽斎が教えた技ではなく、孤独感に苛《さいな》まれてきた小娘が、苦しみの中から自得した、唯一無二の武技なのだ。

あれが天然流の極意なのだ、と洒楽斎はいまも思っている。

乱菊の成長ぶりに思いを馳《は》せると、坪庭の中に居るようなこの部屋に、心地よい風が吹き通ってくるような気がして、洒楽斎は心が和んだ。

そのとき厚い襖越しに若い女の声が聞こえた。

「お待たせいたしました。入ってもよろしいでしょうか」

声の主は言うまでもなく、門内を守るよう、初島に命じられていた掬水だった。

だいぶ手間取ったが、市之丞はどうなったのだろうか、と洒楽斎は思った。

忍びと忍びが争えば、熾烈な闘いになるという。

掬水がここにいるということは、お人好しの甲賀忍びは、地の利を得ている女忍びに、敗れてしまったのだろうか。

掬水が襖越しに言ったのは、誰に誰を待たせたという意味なのか。

洒楽斎があれこれ思い迷う暇《いとま》もなく、紅白梅を描いた重い襖が、するすると音もなく開いて、どこかに姿を隠していたはずの猿川市之丞が、きまり悪そうな顔をして入ってきた。

掬水は取り澄ました顔をして、畳廊下に控えていたが、軽く一礼して襖を閉めると、いつものように音もなく消えた。

掬水の衣装が、少し乱れているように見えたが、雑司ヶ谷の下屋敷に忍び込んだ市之丞と、激しく争った痕跡なのだろうか。

第四章　決断

一

甲賀忍びの猿川市之丞は、いつもとようすが違っていた。

「先生が酒席に尻を据えたまま、ちっとも動き出す気配がねえんで、退屈して天井裏に寝転がっているうち、いつか眠り込んでしまったらしく、足音を忍ばせて近づいて来た掬水さんに、揺り起こされてしまったのです。危ねえところでした。もし掬水さんがこの市之丞の顔を覚えていなければ、あっしは眠ったまま刺し殺されていたかもしれません」

市之丞の口調には、どこか惚気《のろけ》ているような響きがある。

だらしない奴だ、そんな体《てい》たらくでは、いつかは命取りになるぞ、と叱りつけたいところを抑えて、洒楽斎は座を取り持っている初島に問いかけた。

「招かれた客の一人が、まさかわが道場の師範代とは、思いもよらぬことでした。ところで、もう一つの席にはどなたが座られるのかな」

初島は黙ったまま、洒楽斎を見て微笑している。

この御老女は一筋縄《ひとすじなわ》ではいかず、どんな策略を廻らせているのか分かったものではない。

揶揄うのはいい加減にしてくれ、と思って洒楽斎は初島の顔を見返した。

邪悪な影はない。

それどころか、初島の微笑には男を誘い込むような媚《こび》がある。

なんのつもりか。

いくら無粋な洒楽斎でも、男女の機微が分からないわけではない。

意外なことに初島は、洒楽斎に女らしい好意を寄せているようだった。

気位の高い御老女と思われていた初島だが、よく見れば端整な顔立ちや優雅な身ごなしに、年増でなければ出すことの出来ない色気がある。

困ったことになった、と洒楽斎は狼狽《ろうばい》した。

洒楽斎には本気で惚《ほ》れた女がいたので、その女が不慮の死を遂げてからは、わが色恋の季節は終わったと思い定め、世俗の未練を振り捨てようと武術に熱中してきた。

気位の高い御老女から、好意を寄せられるのも悪くないが、相手の思い込みが度を越えてしまえば、ゆくゆくは面倒なことにもなりかねない。

男の困惑を見て、楽しんでいるかのように、

「さあ、残る方はいつになったら現れるものやら、予測が付かないお人のようですから」

初島はにっこり微笑んだ。

そう思って見るせいか、初島のさり気ない仕草にも、年増女の抑えられた色気が滲み出ている。

「皆さんが揃わなければ、わたくしのご相談も無駄になります。このお屋敷には空いた部屋が多いので、よければ泊まっていただいても構いません。最後のお人が揃うまでは、ゆっくりとお酒でも飲みながら、無駄話を楽しみましょう」

愛想よく笑みを浮かべた初島は、畳の上を滑るようにして膝を進めると、袖口から艶《つや》っぽい白い腕を伸ばして洒楽斎に酌をした。

「あっしは手酌でやっていますから、お気遣いなく」

気を利かせたつもりか、市之丞は洒楽斎にお酌をしている御老女に、場所柄をわき

まえない無遠慮な口を利いた。

　これも忍びらしくない言動だ。

「行儀の悪い奴だ。ここはわしの奥座敷と違うぞ」

　洒楽斎が市之丞をたしなめると、初島は袖で口元を隠して眼で笑いながら、

「乱菊から聞いております。道場の奥座敷では、毎晩のように無礼講《ぶれいこう》をされているそうですね。羨ましいこと、と思っておりました。わたくしも是非あやかりたいものです。今夜は皆さんのびのびと、無礼講でゆきましょうよ」

　なんとさばけた御老女ではないか、見ると聞くとは大違いだ、と洒楽斎は思ったが、いやいや、そこがなんとも不気味なのだ、と警戒する気持ちも一方にはある。

「お待たせいたしました」

　襖の向こうから掬水の声がして、重そうな襖がするすると開いた。

　掬水は朱塗りのお盆に載せた一升徳利を捧げている。

「お燗はしてありますが、冷えたらお座敷に備えた炉で温めてください。そろそろ芝金杉まで行かねばなりませんので、後はよろしくお願いいたします」

　市之丞にさり気なく目配せすると、掬水は世話女房のようなセリフを残して、するすると紅白梅の襖を閉め、気配も残さずに消えていった。

「奥方が出られた芝金杉に、いまさらなんの御用があるのか」

　怪訝そうな顔をして洒楽斎が問うと、

「あのお屋敷に用があるわけではございません。芝金杉の異変を見張っているお人を、今宵はお招きしてあるのです」

　何を思ってか、初島は嬉しそうに答えた。

　女忍びが迎えに行ったのは、塾頭の津金仙太郎に違いない、と洒楽斎はすぐに察することが出来た。

　そうなると、離縁された福山殿の一行を護衛して、雑司ヶ谷の下屋敷まで送り届けた顔ぶれが、すべてここに招かれているわけか、と洒楽斎は思った。

　その中に乱菊が加わっていないのは、朱塗りの女駕籠で迎えられたとき、大方《おおかた》の説明を受けているからだろう。

「乱菊さんに道場を任せっ放しにして、あっしだけが御馳走になっちゃあ、申しわけねえような気もしますが」

　駆け付け三杯でぐいぐい飲んで、早くも酔いが回ったのか、市之丞はすでに上機嫌になっている。

「気をつけるがよい。今夜のおぬしは普通ではない」

酒楽斎はそれとなく注意した。

市之丞には心当たりがあるらしく、恥ずかしそうな顔をしてにやにや笑っている。

「おかしいな。いつもの市之丞らしくないぞ」

手酌でぐいぐい飲んでいた市之丞は、一気に酔いが回ったのか、遠慮ない口調で酒楽斎に反論した。

「そんなことを詮索するのは、いつもの先生らしくありませんぜ」

すると黙って酒盃を傾けていた主膳が、羨ましそうに声をかけた。

「おぬしは楽しそうな門弟を持って幸せだな」

酒楽斎は照れくさそうに、

「見苦しいところをお見せして、恥ずかしいかぎりでござる」

とんだ恥を掻かせおって、と市之丞の軽率さが恨めしくなる。

主膳は笑って酒楽斎をたしなめた。

「いやいや、型から入って型を離れ、自由闊達《かったつ》であることが諸芸の真髄。わしの絵もおぬしの剣も、目指すところは同じじゃ。おぬしたちのような師弟のやり取りは、恥ずかしいどころか、むしろ誇るべきではないかな」

酒楽斎の至り得た「天然流」の極意を、見透かしているような口ぶりだった。

宝暦の主膳は、一瞬にして真髄を見抜く、張ったりの強い男だった。

こんなところも昔と変わらぬ、と洒楽斎は思った。

市之丞が加わって、酒宴がさらに盛り上がったころ、襖の向こうから声があって、

「これで全員がお揃いです。いまは芝金杉も寝静まって、今夜の騒動はなさそうです」

掬水はいつにない饒舌な口調で報告した。

この女も何故かようすが違っている、忍びと忍びが闇の中で出遭うことで、市之丞と掬水の身に何が起こったのだろうか。

「だいぶお待たせしたようですな。申しわけござらぬ」

するすると襖が開けられると、畳敷きの廊下には、いつになく憔悴《しょうすい》している津金仙太郎が控えていた。

二

（時は少し前に戻る）

雑司ヶ谷へ出向く洒楽斎の身を危ぶんで、師匠思いの猿川市之丞は、見晴らしが利く田圃道を、見え隠れに後をつけた。

掬水と名乗る奥女中が女忍びなら、雑司ヶ谷の下屋敷に、忍び返しの罠が仕掛けられているのではないかと危惧したからだ。

藩邸に着くまでは襲われることもあるまい、と思った市之丞は、田圃の右辺に軒《のき》を連ねている百姓家の、大根の筵《むしろ》干しを並べた庭伝いに、畦道をゆく洒楽斎の先回りをして、雑司ヶ谷の下屋敷に忍び込んだ。

市之丞の予想に反して、邸内には罠や仕掛けは見当たらず、警備に当たる藩士もまばらで、ほとんど空き家同然の下屋敷だった。

白壁の塀が延々と続いているが、甲賀忍びの市之丞からすれば、この程度の塀を乗り越えることなど造作《ぞうさ》もない。

この下屋敷では、防御のことなど考えていないようだ、と市之丞は思った。

政務に疲れた殿さまが、たまに静養を取るための下屋敷ということか、と思った市之丞は、人目がないのを確かめると、白壁の屋根に跳ね上がった。

瓦屋根の上に立って、視界に入る光景を脳裏に収めると、ふんわりと宙を舞って、下屋敷の邸内に飛び下りた。

一面に白砂が敷かれた邸内には、瓢簞《ひょうたん》池や築山《つきやま》を組み合わせた庭園が広がって、池の周辺に数寄屋造りの邸宅が建てられている。

離縁されて実家に戻った奥方さまは、どの棟に住んで居られるのだろうか。

市之丞が見渡すと、池の対岸に周辺から孤立した隠れ家風の住宅があって、枯淡《こたん》の色を帯びた旧邸と違って、それだけはまだ木の香りが匂う新築らしい。

もし殿さまが別邸に大切な客人（たとえば田沼意次《たぬまおきつぐ》）を招待して、園遊会を開いても、ほとんど気にかからない緑陰《りょくいん》に隠れている。

あそこだろう、と見当をつけた市之丞は、葉隠れの小道をくぐりぬけて、福山殿が隠棲《いんせい》しているだろう、木目《もくめ》の新しい数寄屋に向かった。

ここで女忍びと遭遇するだろうとは想定していた。

市之丞は出来たら掬水と争いたくなかったので、落ち葉を踏む音さえ立てないよう足を運び、福山殿や御老女に宛《あ》てがわれている新居に辿り着いた。

数寄屋風の新居は二棟に分かれていて、その間を屋根付きの渡り廊下が繋いでいる。

一方は完全な数寄屋造りで、奥方さまはこちらに住んでいるらしい。

もう一棟は軒も高く、客殿として建てられたのだろう。

洒楽斎が通されるのはこちらだろう、と見当をつけ、そこで待とうと思った市之丞は、新築の客殿に忍び込んで、客室の天井裏に隠れることにした。

まだ新しい家屋なので、天井裏には埃《ほこり》ひとつなく、香ばしい檜の薫りが馥郁《ふくいく》と匂っている。

梁《はり》も太くて寝心地が良さそうなので、忍びにあるまじきことだが、市之丞はよい香りがする梁に仰向けになって、のびのびと手足を伸ばした。

天井板の隙間から、わずかに洩れてくる細い光が、市之丞の顔を斑模様に染めた。

気配を消すのは忍びの初歩だから、市之丞が天井裏に隠れていることに、気づく者は誰もいない。

しばらくすると豪快な笑い声がして、客殿の座敷では宴会が始まったらしい。

洒楽斎の声も混じっているから、市之丞がここで待ち伏せていたのは、間違っていなかったことになる。

ここは広くて空気も綺麗だ。

埃臭い芝金杉の諏訪藩邸に比べたら、ずいぶんと楽な忍びと言ってよい。

檜造りの新築なので、造りが緊密《きんみつ》で音の響きがよいせいか、天井板に耳を押し当てなくても、座敷の声はほどよい響きで伝わってくる。

もっとも市之丞は、話の細部まで聴き取る必要はなかった。

御老女の話は、乱菊から聞いた内容と大同小異だし、龍造寺主膳という男の来歴も、洒楽斎からおおよそのことは聞いている。

初島は誰かが来るのを待って、話を長引かしているようだが、待ち人はなかなか現れないようだった。

檜の薫りに包まれた市之丞は、つい気持ちよくなって、うとうと眠ってしまっていた。

どのくらい眠っていたのだろうか。

隙間から洩れる微光は消えて、屋根裏は真の闇に包まれていた。

身動きしようとして、市之丞は身体が寸分も動かないのを感じた。

無理に動かそうとすると、柔らかいものが急所急所を締め付けてくる。

「動かないで」

耳元で柔らかいものが囁いた。

「あなたがお屋敷に忍び込んだのは知っていたけど、こんなところに隠れていたのね」

掬水の声だった。

「あちこち探してみたけど、どこにもいない。最後に捜した所にあなたがいてよかった」

　暗闇の中で囁く女の声は、甘く妖《あや》しく伝わってきたが、掬水に抱かれた市之丞の身体は、身動きが出来ないほど締め付けられている。

「あっしは、捕らわれの身ですかい」

　甲賀三郎と言われた忍びが、得体の知れない女忍びの虜になるのか、と思うと情けなさのあまり、市之丞は嘆息《たんそく》を漏らしそうになった。

「しっ。声を出してはなりません。勘違いなさらないで。あなたは初島さまに招待されているのですよ。江戸一番の色男が、邸内に忍び込んでいるはずだから、捜し出してお連れするようにと、あたしは初島さまから命じられているのです」

　意外なことを言われても、にわかに信じることが出来なかった。

「あんたの手や脚、柔らかな腰や胸が、ぴったりと絡みついて身動きが取れねえ。大きな声も出さねえし、暴れて逃げ出しもしねえから、この束縛《そくばく》を解いてもらえませんかい」

　女忍びの必殺技として、素肌で敵に抱き付いて、肢体のあらゆる箇所を使って絡み付き、身動き出来ないよう搦《から》め捕ると、その一瞬を狙って、女忍びと対《つい》になった男忍びが、女と一緒に敵を刺し貫くという秘技がある。

この術を使う忍びは生死を誓い合った夫婦で、生涯に一度しか使えない必殺剣だという。

ふたたび女を取り替えて、この術を使おうとする忍びは心が枯れる。

妻と重ねて敵を刺し殺した忍びは、生涯を女の幻と一緒に生きることになる。

ひとり者の市之丞は、危ないこの術を使ったことも、使われたこともないが、甲賀忍びを代表する市之丞が、掬水に抱かれて身動き取れなくなるのだから、これは女忍びにしか使えない、恐るべき秘術に違いない。

忍び装束を透して伝わってきた柔肌の感触が、いつまでも市之丞に残っている。

この術を仕掛けられた男は、痺《しび》れるような恍惚《こうこつ》のうちに死ぬのだろうか。

「天井板の下にある紅白梅の間では、まだお話が尽きないようですから、その間に天井裏よりも寝心地のよいお部屋に移って、もう少し待つことにいたしましょう」

市之丞に掛けていた呪縛《じゅばく》を解くと、掬水は音もなく梁を伝わって、片隅の天井板を引き剝がし、その隙間からふわりと部屋に舞い下りた。

市之丞も続けて音もなく飛び下りると、そこにはなぜか、色鮮やかな褥《しとね》が敷かれている。

「ここはあたくしの部屋です。どうやらあなたはお疲れのごようす。ここで遠慮なく

い。

　匂いを恐れる女忍びの褥だから、薫りの高い香料が焚き締められているわけではな
　布団は柔らかく、馥郁とした仄《ほの》かな匂いが残っている。

お休みください」

　わずかに香っているのは、掬水から移った肌の匂いだろうか。

　しばらくすると布団の端を捲って、薄絹をまとった女の身体が滑り込んできた。

「あたしも少し休ませて」

　甘い声で掬水が囁いた。

「最近は舞台に立たれないようですが、あたしは旅役者の猿川市之丞に、熱を上げていた小娘の一人なのです。名優市之丞の舞台姿に、どれほど胸をときめかしていたことか。今日は初島さまに命じられ、あなたを求めてお屋敷のあちこちを捜しましたが、これと思うところには見当たらず、すこし焦っていたのです。天井裏の梁に横たわっている市之丞さまを見たとき、やっとお逢い出来た嬉しさに、思わず抱きついてしまいました」

　冷静な女忍びと思っていた掬水の、意外な一面を見たような気がする。

「あれは女忍びが使う不動金縛《ふどうかなしば》りの術、一名を柔肌《やわはだ》呪縛とも言われている秘技ですぜ。

めったに使う術ではありませんよ」

使ったときは死ぬときと、思い定めなければ使えない。

「市之丞さまを放したくないという思いが、咄嗟にあの術を使わせてしまったのです」

掬水はそう言うと、蒲団の中で市之丞に抱きついてきた。

「おっと、あの技をかけられるのは願い下げだ。これではいくらお休みくださいと言われても、怖くて眠れねえじゃありませんか」

逃れようとしても、女は夢中になってしがみついてくる。

「市之丞さまはあたしのもの。誰にも渡さない」

いつもは表情を消している掬水が、本能のおもむくままに振る舞えば、これほど狂おしくなるものなのか。

おそろしい女だと思いながらも、市之丞は掬水の思いを拒むことが出来なかった。

三

（時はさらに前へ戻る）

芝金杉の諏訪屋敷には、国元から出府してきた藩士たちの出入りが繁くなった。

諏訪藩邸を探る日々が重なると、門番に顔を覚えられてしまったので、津金仙太郎は深編笠を被って顔を隠し、出向くたびに衣装を変えたりしていたが、あまり人通りのない界隈《かいわい》を、毎日のようにうろついていると、やはり目立ってしまうらしい。

中には顔なじみになって、

「いつもぶらぶらして暇なようだが、仕事でも探しているのかね」

と親し気に声をかけてくる下級藩士もいる。

中には意地の悪いことを言う奴もいて、

「ここに来ても仕事はねえぜ。いくら売り込もうとしても、こう景気が悪くては雇い止《ど》めだ。やめときな。侍になったところで碌なことはねえから」

仙太郎はなるべく口を利かないようにしているが、不平不満が溜まっている下級藩士たちは、いつも顔を合わせる仙太郎を、職探しの浪人者と思い込んで、似たような境遇に親しみを覚えるらしく、あれこれと話しかけてくるようになった。

しつこく言い寄ってくる法被《はっぴ》姿の男もいて、

「前はどこの藩に勤めていたのか知らねえが、人の好《よ》さそうな顔から見て、上役が失敗して開けた穴を誤魔化すため、身代わりに罪を着せられて、放逐《ほうちく》された口だろう。浪人して食い詰めるのは当たり前だ。寝るに家なく、泊まろうにも宿賃はなく、夜になっても路上を彷徨《さまよ》い、果ては空腹を抱えたまま餓死する口だぜ。あんたはまだ若く、着る物もそれほど襤褸《ぼろ》ではねえが、あと半年も職なしが続けば、路上で行き倒れることは間違《ちげ》えあるめえ」

この男も同じような境遇に、苦しんできたらしい。

「職探しで売り込むなら、さしあたっては剣術か学問だが、あんたは何か売り込めそうな特技を持っているのかね」

男はどうやら、口利き料でも稼ごうとしているらしい。

「恥ずかしい話だが、どちらもさっぱりでござる」

仙太郎は相手の腹を探ってみた。

「それじゃあ話にならねえ。さっさと首でも括って死んじまいな」

男の嘲《あざけ》りには耳を貸さず、黙って行き過ぎようとすると、男は慌てたように仙太郎の袖を引いて、

「とはいえ、困っている者を、みすみす見殺しに出来ねえのが、おれという男のいいところだ。なんとか救済の手を、考えてやろうじゃあねえか」

この男、人相は悪くないが、根性は曲がっているようだ、親切で言っているわけではないだろう、と仙太郎は当初から見抜いていた。

とはいえ、諏訪藩邸に出入りしているからには、この男もあの権助《ごんすけ》のような、主家への忠誠心など微塵《みじん》もない渡り中間《ちゅうげん》に違いない。

藩邸のようすを知る糸口をつけるには、こういう男を利用するより他はない。

とにかく話だけでも聞いてみよう、と思って仙太郎は足を止めた。

「着ている物から見て、おめえはまだ、小遣い銭くれえは持っていそうだな」

男は値踏みするような顔をして、仙太郎の姿を上から下まで、嘗《な》めまわすようにじろじろ見ている。

「たとえ金はなくとも、着ている物を質に入れれば、元手くらいにはなるだろう」

男は顎をしゃくった。

「来な。小銭に替えられるところに連れてってやるぜ」

この男、渡り中間とはいえ、お屋敷に仕えている身だ、勝手に出歩いていいのかな、と思いながら、仙太郎は苦笑を浮かべて男の後に従った。

空は晴れて、陽射しは強かった。

深編笠を被っている仙太郎は、顔が日陰になってさほどでもないが、案内に立った男の額には、大粒の汗が吹き出ている。

「おれのような親切者に会えて、おめえは運がいいんだぜ」

恩着せがましく男は言った。

「それは恐れ入る。拙者は銭無し風太郎《ふうたろう》と言われている浪人者だが、親切なお方のお名前をうかがっておきたい」

ふざけた偽名を使ったからには、相手にまともな返答を期待しているわけではない。

「権助と呼ばれるケチな野郎さ」

この男もやはり権助か、と思って仙太郎は苦笑した。

「ところで権助どの。これからどこへゆくのかな」

仙太郎がゆく先を訊くと、

「うるせえな。黙って付いてくれれば、悪いようにはしねえよ」

主導権はこちらにあると思ったのか、権助は急に威張《いば》りだした。

新堀川《しんぼりがわ》に架かる将監橋と金杉橋の間に、川辺に沿って軒を並べている、同朋町《どうぼうちょう》と呼ばれる町家がある。

権助は同朋町の狭い裏路地に入って、形ばかりの土蔵を備えた、小さな質屋の前で足を止めた。

暖簾《のれん》を跳ねのけて狭い土間に入ると、薄暗闇の中に座っていた親爺《おやじ》が、入って来た客を値踏みするような眼でじろりと睨んだ。

「おれだ、お屋敷勤めの権助よ」

すると不愛想な質屋の親爺は、急に愛想笑いを浮かべて、

「質草《しちぐさ》を出しに来られたんですかい」

ここでは権助も、顔なじみになっているらしい。

「そうじゃあねえ。新しい客をつれてきたんだ」

権助はふり返って仙太郎に顎をしゃくった。

「この男が急に金が必要となって、着ている物を質に出そうと言うんでね、親切にもお宅を紹介したというわけさ」

質屋の親爺はじろじろと仙太郎を見て、質草の値踏みをしているらしい。

「よく見積もっても銭百文《もん》以上は出せねえな。それが嫌ならお引き取り願おう」

急な入用と聞いて足元を見たのか、親爺は不愛想な顔をして高飛車《たかびしゃ》に出た。

「おっと、それはねえぜ。そんなはした金じゃ、賭場の元金にもなりゃしねえ。よく生地《きじ》を見な。色は褪せているが見事な紬織《つむぎ》りだ。せめて銭三百文ぐれえには見積もってもらえねえと」

権助はムキになって言い張った。

質屋の親爺は渋い顔をしていたが、

「それじゃあ大負けして、銭二百文で預からしてもらいましょう。しかし、これじゃあ大損だ。質流れになったって、百文でしか売れない品物です。あんたは強引で、こちらはいつも、損な取引ばかりさせられる」

親爺は愚痴をこぼしたが、権助の言うように、仙太郎が身に着けている衣装は、それほど悪い品物ではない。

「それではこちらで脱いでくだせえ」

仙太郎は言われるままに帯を解いた。

着物の下から現れたのは、色も鮮やかな緋縮緬《ひぢりめん》の長襦袢《ながじゅばん》だった。

「おっ」

質屋の親爺は眼を輝かせた。

「こいつは見事な縮緬絞り。これなら銭三百文で引き取りましょう」

強欲そうな親爺めが、仙太郎の顔色を窺っている。

仙太郎が着ている長襦袢は、半年前に郷里の津金屋敷に帰ったとき、寡婦《かふ》となった母親から、もう着ることはないから、お前の下着にでもおし、と言われて、寝巻代わりに貰い受けてきた緋縮緬だった。

女が身に着けた緋縮緬の下着は、厄難除《やくなんよ》けの功験《こうけん》があると信じられ、戦陣《せんじん》に向かう鎧武者《よろいむしゃ》が、鎧の下に着込んだと言われている。

武田遺臣の誇りを持つ母親が、息子の無事を願って贈った肌襦袢だが、薄絹の緋縮緬は肌にやさしくて着心地も好いので、仙太郎は夏でも濃紺の着物の下に長襦袢として着込んでいる。

「じゃあ、そうしてもらおう。おい風太郎とやら、薄っぺらい下着一枚で、三百文とは悪くねえぜ。さっさと脱いで金に替えねえか」

金にさえなればどうでもいい、と権助は仙太郎を急《せ》き立てたが、

「いや、これを脱いでしまえば拙者は褌《ふんどし》ひとつ。いくら夏場でも、褌姿で人前に出るわけには参らぬ」

「賭場で負ければ、どうせ褌ひとつにされるのだ。はなからその覚悟が出来ていれば度胸も据わる。勝負事には鬼に金棒というものさ」

この権助という渡り中間、前の権助よりも質《たち》が悪いな、と仙太郎は思わず苦笑した。

「何も褌姿で人前に出ろとは言わねえよ。緋色の襦袢を質に取れば、紺地の着物は返してくれると言っているだろう。強欲な親爺としては上出来な配慮だ。素肌に紺地の

着物を羽織って、賭場に出るのは粋《いき》なもんだぜ。おいら江戸っ子は、真冬でも下着なんか着ねえよ」

権助はじりじりしているらしかった。

「いや、初めの約束どおりにしてもらおう」

仙太郎は緋縮緬の長襦袢の上から、黒羅紗《くろらしゃ》の兵児帯《へこおび》を無造作に締めた。

「おっ、これは」

質屋の親爺と権助は、思わず眼を奪われた。

黒羅紗の帯が派手な色調を引き締めて、緋縮緬の長襦袢を着た仙太郎は、不気味なほど妖艶《ようえん》な若衆姿に化けている。

権助は泡を食った。

「絹物を着るのは御法度《ごはっと》だ。そんな派手な恰好で江戸の街中を押しわたったら、たちまち町方役人に捕まってしまうぜ」

世間知らずの仙太郎を、隠れ賭博《とばく》に連れ込もうとしている権助が、これまで法度破りなどしたことがないようなことを言っている。

仙太郎は声高に笑った。

「街中と言っても同朋町は狭い。同朋町を抜ければ、諏訪藩江戸屋敷は目前にある。

大名屋敷に入ってしまえば、町方役人には手出し出来まい。あとは権助とやら、おぬしの裁量《さいりよう》しだいではないか」

権助は息を呑んで、渋る質屋の親爺から銭二百文を奪い取ると、暖簾を押し分けて外に出た仙太郎の後ろ姿を、慌てふためいて追いかけた。

「待ってくれよ。その恰好じゃあまずいぜ。せめてこの法被でも羽織ってくれ」

権助が仙太郎に投げかけた、藩邸の中間が着る法被には、紺地に白く、梶《かじ》の葉紋《はもん》が染め抜かれている。

梶の葉は諏訪藩の紋章だ。

これで諏訪藩邸に出入り自由というわけか。

緋縮緬の長襦袢に黒羅紗の兵児帯を締め、紺色の法被を羽織った仙太郎には、権助の貪欲が発端となった皮肉な成りゆきを、面白がるだけの余裕があった。

権助は世間知らずの仙太郎を、藩邸内の賭場に連れ込み、褌一枚の丸裸にして、放り出そうと思っていたらしい。

出来るだけ目立たない恰好をして、藩邸の動きを見張っていたが、天然流の仙太郎は、そんな窮屈さに耐えられなくなっていた。

抜け忍となった甲賀三郎が、こそこそと逃げ隠れず、むしろその逆手を取って、隠れるよりも顕わす道を選んだのは賢い、と仙太郎は思った。

派手な衣装で舞台に立って、旅役者の猿川市之丞に化けた甲賀三郎の故知《こち》に倣《なら》って、これまでとは逆に、出来るだけ派手に振る舞い、むしろこちらから騒動の中に、飛び込んでゆこうと思い定めたのだ。

四

(承前)


渡り者の権助に騙《だま》されて、芝金杉の諏訪藩邸で御開帳中の賭場に連れ込まれたが、丁半勝負《ちょうはん》に気前よく負けてやってからは、貸し元から歓迎されて常連になった。

勝つ気もない博打に、ほんの偶然から勝ったりするので、渡世人の博徒たちからも、一目《いちもく》置かれるようになっていた。

権助から譲り受けた、梶の葉紋の法被が、諏訪藩邸に出入りする通行手形になるので、二百文とは安い買い物だ、と仙太郎は思っている。

緋縮緬の長襦袢は、渡世人たちが刺青《いれずみ》を自慢し合う賭場でも、何故か妙に目立って、いい鴨《かも》だと思っている胴元から愛想笑いをされるので、権助も仙太郎の子分面《づら》をして、博徒たちの間で幅を利かすようになった。

騒動中の諏訪藩邸内で、賭場が開かれているのは、山中左男路《やまなかそうじ》が住んでいる侍長屋だった。

山中左男路という男は、正室の福山殿に付けられて、阿部家から送り込まれた福山藩士なので、諏訪家では福山十万石に遠慮して、山中の侍長屋で賭場が開かれていると分かっても、側用人の渡邊助左衛門さえ踏み込めない、一種の独立地区になっていたのだ。

福山殿が離縁されるまでは、厳格な御老女に遠慮して、侍長屋を賭場に貸すのを控えていたが、正室と初島が屋敷から出されると、いつ追い出されるか分からないという不安もあって、稼げるうちに稼いでおこうと居直ったのか、よそ者の山中左男路はこれ見よがしに、諏訪藩邸内で賭場を開くようになった。

緋縮緬の旦那、と博徒たちから呼ばれるようになった仙太郎は、甲州の実家から送ってくる資金があるので、賭場で使う金に困ることはない。

息子の仙太郎に、緋縮緬の長襦袢を贈った母親は、お金なら要るだけ送ってあげるから、と言ってその使い道を聞かず、どこまでも息子を信頼しきっている。

博徒たちに評判がよいのは、気前の良い負けっぷりをしてくれる旦那で、仙太郎ほど彼らが望むような鴨は居なかった。

派手な衣装を身に着けて、金離れのよい仙太郎を、荒くれ者の博徒たちは、しだいに畏怖《いふ》するようになっていた。

仙太郎は博打には関心がないから、いつも冷静沈着に見えたし、欲がないのでたまに大勝ちすることがあっても、露骨《ろこつ》に恨まれるようなことはなかった。

むろん仙太郎が諏訪藩邸に出入りするのは、金に飽かして博打で遊ぶためではない。熱気のある賭場を離れて、ふらふらと邸内を歩きまわることもあれば、顔見知りになった下級藩士から、懐かし気に声をかけられることもある。

「おぬしも藩邸に出入り出来るようになったのか。それにしても変わったな。やはり藩士にはなれず、賭場の用心棒にでも雇われたのか。緋縮緬の派手な衣装が、これほど似合う男とは思わなかったぞ。だが悪いことは言わぬ。ここは安穏なところではない。いつ何が起こるのか分からぬ危険地帯だ。早く逃げ出したほうがいい」

「それと分かっているなら、おぬしも逃げ出したらどうか」

「微禄《びろく》といえども、諏訪の藩士だ。何があっても逃げるわけには参らぬ」

「みながおぬしのように思っているのか」

「そうだ。小禄とはいえ、それが諏訪藩士の心意気だ」

「立派な心構えだか、無理をされておるのではないのかな」

「他藩の者は知らず、われらは諏訪大明神の氏子だからな。森と湖に育てられた郷里への愛着は誰よりも強いのだ」

「それなのに国元でも江戸屋敷でも、騒動が起こっているという。おぬしの言うことはわけが分からん」

「分かるまい。これはわれらの問題なのだ」

下級藩士には下級藩士なりに、深刻な悩みがあるのだろう。

どこかに人の気配を察したのか、その男は素知らぬ顔をして足早に歩み去った。

諏訪騒動には、よそ者には分からない事情があるらしいと思ったが、仙太郎はそれ以上のことを知りたいとは思わなかった。

緋縮緬の長襦袢姿で、いつまでも邸内を歩きまわるわけにはいかない。

賭場の連中や藩士たちに怪しまれては、上村逸馬や牧野平八郎と連絡を付けることが難しくなる。

仙太郎が諏訪藩邸に潜入したのは、二之丸派と三之丸派の争いに介入《かいにゅう》するためではない。

藩内の派閥争いなど、仙太郎にとってはどうでもいいことだった。

上村逸馬と牧野平八郎、この二人に命がけの斬り合いなどさせたくない。

最近の傾向として、邸内の隠し賭場に、殺伐《さつばつ》とした藩士たちが加わり、やけ気味の勝負を賭けることが多くなった。

だいぶ荒《すさ》んでいるな、と思って仙太郎は逸馬と平八郎のことが心配になった。

両派の激突はいつ起こるか分からない。

そのとき真っ先に剣を抜くのは、両派の尖兵となった逸馬と平八郎だろう。

どちらも殺させたくない、と仙太郎は思う。

仙太郎が賭場に潜り込んで、惰弱《だじゃく》な遊び人のように振る舞っているのも、二之丸派と三之丸派が激突して、逸馬と平八郎が剣を抜き合わせることになったら、その場に急行して両者の剣を叩き落とそうと思っているからだ。

他の者にそんな芸は出来ない。

殺気立った逸馬と平八郎の間に割って入れば、誰であろうと邪魔者とみなされて、立ちどころに斬り捨てられてしまうだろう。

ふたりの剣技はそれほど伯仲《はくちゅう》し、他者に割り込む隙を与えない。

逸馬と平八郎を止めることが出来るのは、仙太郎の他にいない、と洒楽斎はいつも言っている。

どちらも失いたくない、という洒楽斎の思いは痛切だった。

若いふたりは天然流の未来を担っている、と仙太郎も思う。

仙太郎のように、生まれながらに天然流を自得している者は奇跡に近い、とも洒楽斎は言っていた。

それはごく稀《まれ》な、偶然と偶然の重なり合いによる造形の妙で、同じような奇跡がこれからも起こるとは思えない、と洒楽斎は信じているようだった。

だから天然流を伝える若者が、どうしても必要なのだ、と洒楽斎は言う。

仙太郎は偶然の重なり合いによって、奇跡的に備わった天然流。

乱菊と市之丞は、苛酷な境遇から脱け出ようと、苦しみの中から自得した天然流。

いずれにしても、たまたま天然流の奥義に達したことに変わりはなく、普通に暮らしている者が極められる境地ではない、と洒楽斎は思っているようだった。

仙太郎、乱菊、市之丞の天然流は、あまりにも特殊で、それを一般に分かりやすく伝えることは至難の業だ。

ただし可能性が全くないわけではない。

上村逸馬と牧野平八郎は、天然の才を持ちながらも、下級武士という当たり前の環境で、当たり前に育ってきた若者たちだ。

もし彼らが天然流を自得することになれば、当たり前の暮らし方をしている者に、当たり前に伝えることが出来るかもしれない。

それが天然流をこの世に伝える、おそらくは唯一の方法なのだ、と洒楽斎はしみじみとした思いを込めて、仙太郎に語ったことがある。

それが先生の悲願なら、是非とも達成させたい、と仙太郎は思っている。

仙太郎は小用に立つ振りをして賭場を離れ、道に迷った振りをして邸内をうろついてみたが、逸馬と平八郎に出会うことはなかった。

五

（承前）

「あまり邸内をうろつかねえでくだせえよ。おれたちが賭場を開けるのは、山中さまの長屋だけだ。詳しいことは知らねえが、いま邸内は騒動の渦中にあるらしい。こんなときこそ博徒の稼ぎ時だが、藩邸の侍たちは妙に殺気立っているから、連中を下手《へた》に刺激すれば、斬り捨て御免になることも、覚悟しておくんだな」

胴元に注意されたが、仙太郎は邸内をうろつくことをやめなかった。

あるとき物陰から、

「塾頭っ」

小声で呼ばれて振り向くと、牧野平八郎が植込みの陰に隠れていた。

「そんな目立つ恰好で、うろうろされては困りますよ。どうして塾頭は、こんな所をうろついているんですか」

平八郎は緋縮緬を着た仙太郎の姿を、遠くから何度も見かけているらしかった。

「おぬしたちを捜していたのだ」

邸内の穴掘りでもさせられたのか、平八郎は全身が泥まみれで、わざわざ藩邸に呼び戻されても、よい暮らしをしているわけではなさそうだった。

「やめてください。迷惑です」

平八郎は困惑しているらしかった。

「一緒にここを出ないか」

平八郎がいなくなれば、逸馬は斬る相手を失うだろう。

その日その日を気ままに暮らし、何者にも縛られたことのない仙太郎は、藩士たちの進退を気軽に考えていた。

「何を言っているんですか。いまは非常事ですよ」

それはここだけの話だろう、と仙太郎は思う。

「だから出ようと言っているのだ」

平八郎は首を左右に振った。

「無理です。わたしには使命があります」

生真面目な顔をして言う。

「どんな使命だ」

藩士たちのこういうところが、気ままな仙太郎には理解出来ない。

「上村逸馬と斬り合うことです」

下級藩士の平八郎は、何故かと理由を問うこともなく、ひたすらそう思い込んでいるようだった。

「それを止《と》めるために来たのだ」

天然のまま生きてきた仙太郎には、平八郎の頑なさがどうしても理解出来ない。

平八郎は悲痛な声で言った。

「はじめから定められていたことです。いまさら避けられません」

仙太郎はもどかし気に言った。

「おぬしと逸馬は、天然流の未来を託す逸材《いつざい》だ。滅多なことで殺し合いはさせぬ」

平八郎は悲し気な微笑を浮かべた。

「天然流には、塾頭や師範代の市之丞先生、乱菊先生がおられるじゃありませんか。もしそれがしが敗れても、上村逸馬は残りましょう。御懸念には及びません」

なんとか説得しようと思って、仙太郎は真情を込めて言った。

「逸馬ひとりでは心もとない。おぬしが勝ち残ったとて同じことじゃ。天然流は世俗から離れた孤高《ここう》の流派。誰もが継承出来るものではない」

平八郎は黙り込んだ。

この男には似合わしからぬ苦渋の色が浮かんでいる。

「上村逸馬が通っている天然流道場に入門せよ、と上士に命じられたときから、わたしたちの運命は定められていたのです。上村逸馬との斬り合いは不可避《ふかひ》。上士の命令は絶対で、逆らうことは出来ません。それが小禄とはいえ、藩から俸禄をいただいている藩士の定めなのです」

平八郎は袖口で顔を覆い、俯いて肩を震わせている。

声を押し殺して涙しているのかもしれなかった。

仙太郎は無言のままその場を離れた。

先生の悲願を達成することは難しいかもしれない、と仙太郎は慨嘆《がいたん》した。

仙太郎、乱菊、市之丞が会得した天然流は、偶然の重なり合いによって、たまたま身に付けることが出来た一代限りの剣だ。

この世に根付くことも出来なければ、未来に伝えることも出来ぬ。

洒楽斎は老いた。

体力が衰え始める中年を過ぎてから、やっと開眼した天然流が、わずかな爪跡さえも残すことなく、このまま立ち消えてしまうことに、底知れぬ寂寥《せきりょう》感《かん》を抱いているに違いない。

逸馬と平八郎がともに生き残り、普通の暮らしをしている者へ普通に伝えなければ、天然流は雲か霞《かすみ》のように、あとかたもなく消えてしまうまぼろしの流儀となるだろう。

挫折らしい挫折を知らない仙太郎だが、若い逸馬と平八郎に託した洒楽斎の切実な思いが、いまは痛いほど分かるような気がする。

（承前）

六

「おい、風太郎さんよ。その恰好はどうにかならねえかい」

渡り中間の権助が、恐る恐る切り出した。

「いくら諏訪藩の印《しるし》半纏《ばんてん》を羽織っても、その緋縮緬姿は目立ちすぎるぜ。胴元がこのお屋敷を借りて賭場を開けるのは、特別なお目こぼしがあるからだ。しかし長屋を貸してくださる山中さまも、おめえの姿を見て眉を顰めておられるという。おいらに難しいことは分からねえが、このお屋敷は大騒動の最中らしい。山中さまはどちらの派閥にも属しておらず、博徒にも理解あるお方だが、いつここから追い出されるか分からねえ、不安定なお立場にあるという。この屋敷に居られる間に、稼げるだけ稼いでおこうと、こうして隠れ賭場を開いているわけだが、それもどうやら他の藩士たちに知れ渡って、このお屋敷から追放されるのも遠くはねえ、という噂もある。おれたちは危ねえ綱渡りをしているのだ。賭場の胴元にとって、金離れの好いおめえは上客だが、目立ちすぎる恰好でウロチョロされては迷惑だ。このままいくと、趣味の悪い恰好をしているおめえのとばっちりで、山中さまの賭場が潰されてしまうのは、分かりきったことだからな」

権助はくだくだと、お説教じみたことを言い始めた。

「賭場が潰されたら、おれたち博徒は食っていけねえ。緋縮緬の代わりに、これを着ておきな」

恩着せがましい顔をして、権助は小汚い風呂敷包みを投げ出した。

中身はどうせ小汚い古着だろう。

あまり物にこだわらない仙太郎だが、皮膚感覚は意外なほど潔癖《けっぺき》で、他人が肌に着けたものに触れることを嫌った。

「まあ、包みを開いて中を見な」

権助は得意げに言った。

風呂敷を開くと、きちんと折りたたまれた紺地の着物が出てきた。

「それに見覚えはねえのかい」

権助は不満そうに言った。

「無理もねえ。どうせ質流れになる、と見込んだ質屋の親爺が、早いとこ売り物にしようと洗い張りをして、お針子に仕立て直させたおめえの着物だ」

そう言われればそうだ、と仙太郎は苦笑した。

「これを請け出すのに幾ら掛かったと思う。二百文で質入れした物が、請け出すときには三百文も取られたぜ。あの親爺の業突《ごうつ》く張《ば》りは、いまに始まったことじゃあねえが、まったくいい根性をしているぜ。おれもいがりの権助と言われる男だ。粘りに粘ってやっと二十文だけ負けさせたが、とにかくお屋敷の出入りにはこれを着てくれ」

権助は自慢げに言いながら、この男にはめずらしく、着付けまで手伝ってくれた。

「よし。間抜け面だったおめえの顔も、これで少しは引き締まって見えるぜ」

仙太郎が、ありがとうと礼を言うと、権助は黙って片手を差し出した。

「どんな仕掛けか知らねえが、おめえが金に不自由しねえ身の上だってことは分かっている。いま言ったように、質草を請け出した三百文と、わっちの手数料が百文。合わせて四百文を払ってもらおう」

仙太郎は苦笑した。

「四百文ともなれば、かなり嵩張《かさば》って重くなる。そんな銭をいつも持ち歩いているわけには参らぬ。明日は払ってやるから待ってくれ」

権助の顔に一瞬だけ怒りが湧いたが、すぐに損得勘定に切り替えて、やんわりと脅しにかかった。

「まあ、いいだろう。おれとおまえの仲だ。いますぐ取り立てようとは言わねえ。そのかわり、明日になれば五十文の利子が付く。明後日に延びれば百文だ。五百文の銭を、穴に紐を通して持ってくるんだな。日延べすれば日延べするほど、いくら恰幅《かっぷく》の好いおめえでも、簡単に持ち運べねえほど銭の目方は重くなるぜ」

仙太郎は愛想よく笑った。

「そのほうの親切、まことに心に沁みた」

権助はふと不安に襲われたらしく、

「調子のいいことを言って、誤魔化そうとするんじゃあるめえな。おれの背後には、江戸中の渡り中間がいるんだぜ。逃げ隠れなんぞ出来ねえからな」

おどおどした声で凄《すご》んで見せた。

「この着物、洗い張りが出来ているので、パリッとして着心地がよい。親切な権助どのに心配は掛けぬ。安心してもらいたい。これは取り敢えずお礼のつもりだ」

仙太郎は袂《たもと》の隅から、小粒銀を取り出して権助に渡した。

「おっ。持ってるんじゃねえですかい」

権助は急に相好《そうごう》を崩して喜んだが、

「まさか、これで済まそうってんじゃねえでしょうね」

心配そうに言い足した。

「むろん、それは当座のお礼だ。安心しろ。それとは別に、権助が立て替えた四百五十文は、明日になれば渡す」

権助は胡散《うさん》臭い顔をして、上目遣《うわめ》いで仙太郎を窺っていたが、

「ようがす。おめえを信じて明日を待つぜ」

勝手に質草を請け出した上に、かなり鞘《さや》を取った返済額を、世間知らずのこの男に、吹っ掛けたことへの引け目がある。

しかし翌日に五百文を受け取ると、権助は腰巾着《こしぎんちゃく》のように、仙太郎に付きまとうようになった。

五月蠅《うるさ》い奴だが、お節介焼きでずる賢く、お調子者の権助は、いつか使えることもあるだろう。

仙太郎にしてみれば、緋縮緬の長襦袢姿で邸内をうろうろしたので、その噂が邸内に広まっていないはずはない、もう目立つ必要はないと思っている。

その先は、すれっからしの権助が役に立つだろう。

緋縮緬の噂を聞き付けた牧野平八郎が、忍び隠れに仙太郎に声をかけてきたのだか

ら、変に目立つ恰好をした仙太郎を、上村逸馬が見かけなかったはずはない。

ただ逸馬は平八郎より純情だから、緋縮緬を着て賭場に出入りしている仙太郎に、声をかけることを躊躇《ためら》っているだけだろう。

仙太郎が普段の恰好に戻れば、逸馬のほうから接近してくるはずだった。

思っていたとおり、それから三日後には、人気《ひとけ》のない植込みの陰から、先生、と呼びかける秘かな声が聞こえてきた。

声のしたほうに振り向くと、地面にへばり付くような低い位置に、上村逸馬の眼が光っていた。

見ると逸馬は袴《はかま》も付けず、着物の裾を絡めて、動きやすいよう兵児帯に挟み込んでいる。

「どうしたのだ。その姿は」

仙太郎は驚いて問いかけた。

逸馬は全身が泥だらけで、田植え時の百姓のような恰好をしている。

「穴を掘っていました。一仕事終えたところに、運よく先生が通りかかられたので、思わず声をおかけしたのです」

泥に塗《まみ》れた手で、流れ出る額の汗を拭ったのか、顔中が泥だらけになっている。

「なんの穴だ」

聞かれた逸馬は真面目な顔をして、

「死骸《しがい》を埋めるための穴なのです。二之丸派と三之丸派は、千野家老の不意な出府で、いよいよ激突の時を迎え、いつ刃傷沙汰が起こらないとも限りません。藩邸内で死人が出れば、その噂は大目付の耳にも入るでしょう。大目付から幕閣まで伝われば只では済みません。そうなれば藩の存立も危うくなる。下手をすれば藩政不行き届きということで、廃藩の憂き目にも遭いかねません。ただの噂だけなら、大目付の検分も型どおりのもので、死骸を埋めてしまえば誤魔化せます。死体を隠すためには、出来るだけ深い穴を掘るようにと命じられ、掘り下げるに連れて、穴の底から濁った塩水が滲み出して来たのです」

このあたりは海に近く、しかも権現様《ごんげん》(家康)のころに拡張された埋立地だと聞いている。

「事態はそれほどに切迫しておるのか」

逸馬は泥だらけの手で汗を拭った。

「一触即発《いっしょくそくはつ》というところでしょう。いつ斬り合いになってもおかしくはありません」

そうなれば、真っ先に斬り合うことになるのは、両派の尖兵に選ばれている逸馬と平八郎だろう。

酷いことをさせるものだ、と仙太郎は思った。

逸馬は自分が埋められるかもしれない墓穴を、自分の手で掘らされているわけだ。

暗殺された姉の実香瑠も、投げ込み寺の暗い穴に、棺桶《かんおけ》にも納めず放り込まれたという。

姉も弟も、なんという悲惨な最期が、待ち受けているのだろうか。

「そのようなことはさせぬ」

仙太郎は押し殺した声で言った。

「しいっ。先生、声が洩《も》れます」

逸馬は鋭い眼で周囲を窺った。

そうか、二之丸派の渡邊助左衛門が実権を握っている藩邸では、三之丸派の尖兵と目《もく》されている逸馬は、かなり肩身の狭い思いを強《し》いられているのだな、と仙太郎は思った。

海水が浸透するほど、深い穴を掘らせるというのも、かなり底意地の悪い嫌がらせだ。

逸馬はどんな思いで、自分が投げ込まれるかもしれない墓穴を、泥まみれになって掘っていたのだろうか。

事態は切迫しています、と逸馬は言う。

上村逸馬は下級藩士だから、政権に関わる資格もなく、ただ穴掘りや土工仕事にこき使われているだけだが、国家老の千野兵庫が、藩主から命じられていた蟄居閉門の禁を破って、隠密裡《り》に出府したという噂もあるらしい。

両派の巨頭たちが江戸屋敷に揃えば、藩士たちの激突も現実のものとなるだろう。賭場が廃されるのも近日中だな、と仙太郎は思った。

そうなれば、藩邸への出入りが出来なくなる。

「この屋敷には表門の他に、出入り出来るところはないのかな」

仙太郎がふと口にすると、逸馬はそれと察して青くなった。

「先生。何を考えているのですか。やめてください。わたしは下士とはいえ諏訪の藩士。藩邸はいわば江戸に築かれた諏訪の城です。たとえ先生であろうとも、城の攻め口を教えることなど出来ません」

断固とした口調で拒否した。

しかし逸馬の口ぶりから、どこかに攻め口があるらしいことは分かった。

そういうことには、渡り中間の権助が詳しいだろう。

「逸馬と平八郎の、斬り合いを止めようとして、わたしはこの藩邸に潜入したのだ。どちらが斬られても、洒楽斎先生の夢は消える。もう一度だけ言おう。無益な斬り合いをやめることは出来ぬのか」

無駄だろうとは思いながらも、仙太郎は同じことを繰り返した。

「出来ません。わたしは派閥を代表して闘うために、数ある藩士たちの中から選ばれたのです」

逸馬は誇らし気に答えた。

「それがどういうことなのか、いまに分かるときがきっと来る。しかしそれでは遅いのだ」

気がついたときはいつも遅い。

人生とは所詮《しょせん》そのようなものだ、という感慨もないことはない。

しかし仙太郎は、洒楽斎先生と出会うことによって救われた、といまも思っている。

逸馬も平八郎も、ちょうど仙太郎に迷いが生じたころと同じ若さで、どちらに転ぶか分からない難しい年頃だ。

逸馬は自分に与えられた非情な役割を、逃れられぬものと思って、むしろ誇らかに受け入れようとしているようだった。

「御家老が出府されたからには、このお屋敷は両派入り乱れて争う修羅《しゅら》の巷《ちまた》となるでしょう。もう関わらないほうがいいですよ。これは藩内の争いであって、先生にはなんら関わりのないことです。いまなら間に合います。もし藩邸内に騒乱が起こったら、いくら腕の立つ先生でも多勢に無勢。ただの怪我では済まなくなりますよ。わたしのことなど見捨てて、もうお引き取りください」

逸馬も姉の実香瑠と同じように、淡々として死を受け入れようと思い定めているらしい。

「そうはゆかぬ。わたしは天然流道場の塾頭。酒楽斎先生に深く心酔《しんすい》している一介《いっかい》の剣士にすぎぬ」

津金仙太郎といっても、この世では何者でもない、と仙太郎は思っている。

やがてこの世から消えてゆく身だと思えば、未練もなければ屈託もない。

「しかし天然流では、後継者不足に悩んでいる。先生はおぬしたちに望みを託しておられるのだ。わたしがここにいる限り、逸馬と平八郎、どちらも死なすわけにはいかぬ」

すると逸馬は眦《まなじり》を決して言い切った。

「先生のおっしゃること、それは私事です。藩士の末席に連らなるわたしに、許されることではありません」

仙太郎を見つめている逸馬の眼から、突然ぼろぼろと大粒の涙が溢《あふ》れ出た。

泥だらけの袖で涙を拭おうとしたので、逸馬の顔はますます泥だらけになって、零《こぼ》れ落ちる涙を、こらえようとすればするほど、なおのこと滑稽《こっけい》な表情になってしまった。


（承前）

七

「なるほどね。諏訪藩邸に出入り出来る隠れ口ねえ」

渡り中間の権助は、薄笑いを浮かべながら腕組みをしている。

「まあ、ねえことはねえが、かなり危ねえ橋を渡ることになるぜ」

やはりこの男に訊くべきだったな、と思って仙太郎はほくそ笑んだ。

「おぬしも時々は使うのか」

仙太郎が確かめると、権助は怖ろしそうに手を振って、

「とんでもねえ、あれは盗賊が大名屋敷に踏み込むときに使う泥棒道で、真っ当な者が出入りするようなところじゃあねえ」

平気で阿漕《あこぎ》なことをする権助が、自分では真っ当な人間だと思っているらしい。

「知っているなら教えてもらえぬか」

権助は怯《おび》えたように尻込みした。

「よしたほうがいい。あそこから忍び込んで、真っ二つに斬られた運の悪い男もいる。あそこは藩士たちも知らねえ抜け道だが、側用人の渡邊助左衛門だけは知っているらしい」

それと御老女の初島どのも、と思ったが仙太郎は黙って先を促した。

「お屋敷に忍び込んだ男は、どうしてその抜け道を知ったのだ」

さすがに渡り中間の権助は、お屋敷の機密に類することなら、どんなことでも知っているらしい。

「おれの聞いたところでは、御高祖頭巾《おこそずきん》を被った姿のいい御女中が、深夜に藩邸の抜け道から忍び出たのを見たらしい。顔は頭巾で隠しているが、女の身体付きからかなりの美形と見て、その男はつい誘われて、後をつけようかと迷ったらしい。しかし、

付け入る隙もない高嶺《たかね》の花より、お大名の屋敷はどうなっているのか、という下賤《げせん》な好奇心のほうが先に立って、抜け道に踏み込んだ途端に、ばっさりと首を刎《は》ねられたという話だ。美女の後を追ったほうが良かったのに、咄嗟の選択を間違えばこういうことになる。くわばらくわばら、南無阿弥陀仏、南無阿弥陀仏」

権助は殊勝《しゅしょう》にも、信じてもいないお経を唱えだした。

「おかしいな。誰も知らぬはずの抜け道ではないか。待ち伏せされたように斬られたのか」

仙太郎は首をひねった。

「それは誰にも分からねえ。侵入者を待ち伏せして斬ったのではなく、抜け道から外に出た御高祖頭巾の女を、後から追いかけてきた殺し屋が、たまたま抜け道の秘密を知った物見高い男を、問答無用で斬り捨てたのではないか、と言う者もいるそうだ」

権助はかなり情報通のようだった。

「では、殺し屋の顔を見た者がいるのだな」

もし居たとしたら、かなり有力な手掛かりになる。

「あの晩は月も星も雲に隠れた真の闇で、邸内から洩れる逆光に照らし出された、骸《がい》骨《こつ》のような凄みのある顔が、薄ぼんやりと見えただけだと言う。まるで死神にでも遭遇したような不気味さで、その男は足元からガタガタ震えて、逃げ出そうにも動けなかったという話だぜ」

そいつは殺し屋の鬼刻斎に違いない、と仙太郎は咄嗟に思った。

実香瑠は江戸屋敷を出る前から、不気味な殺し屋に狙われていたのだ。

秘密の抜け道を知っていたのは、福山藩の姫君が諏訪忠厚に輿入れするにあたって、徹底して諏訪の故事を調べ尽していた、御老女の初島だろう。

諏訪への密使を送り出すとき、初島は右腕と頼む奥女中の実香瑠に、秘密の抜け道を教えたに違いない。

ところが敵もさる者、側用人の渡邊助左衛門は、福山殿が密使を送り出すとしたら、秘密の抜け道を使うだろうと察知して、殺し屋の鬼刻斎に見張らせていたのだろう。

逸馬の姉実香瑠は、殺し屋の罠に嵌められたのだ、と思うと生き残った弟が哀れになって、藩内の争いで姉弟が共に殺されてしまうのは、なんとしても妨《さまた》げたい、と仙太郎は思うようになった。

「権助どのは、その抜け道を知っておられるのか」

仙太郎は問い質《ただ》した。

「知っていても行きたくはねえところだ。おめえはどんなつもりか知らねえが、この首はいまくっ付いている胴体に未練があって、絶対に離れたくねえと言っているぜ」

権助は太い首を分厚い平手でぽんぽんと叩いた。

「その抜け道が、どこにあるかを教えてもらえぬか」

仙太郎は掌で一分銀を弄びながら権助に迫った。

「命がけのところだぜ」

権助が渋ると、仙太郎はさらに一分銀を取り出して、お手玉でも突くように、交互に宙へ放って順繰りに受け止めた。

目の前に銀貨の鈍い光が飛び跳ねるのを見ると、権助はしだいに眼を輝かせて、

「分かった。ひょっとしたらおめえ、緋縮緬姿で邸内をうろついているとき、たまたま出逢った綺麗な奥女中に一目惚れして、深夜にお屋敷へ忍び込もうとしているのだな」

渡り中間の思いつくのはそんなところか、と思ったが仙太郎は黙って頷いた。

「なるほど、この屋敷に騒乱が起これば、真っ先に賭場は閉ざされ、お屋敷には出入りなど出来なくなるからな」

権助は勝手に妄想《もうそう》を逞《たくま》しくしているらしい。

「おめえは見かけによらねえ好き者らしいな。命がけの恋かい。そういうことなら、

一肌脱《ひとはだ》いでやろうじゃねえか」

そう言うと権助は、意外な素早さを発揮《はっき》して、仙太郎がお手玉代わりに弄んでいた一分銀を、宙に浮いた途端に二枚とも奪い取った。

命がけの仕事と言っていたのに、わずか二分で了承か、随分と安い命だな、と思ったが、仙太郎は笑いを抑えて、

「何卒《なにとぞ》よろしく頼み入る」

と頭を下げた。

「そういうことなら任せておけ。色ごとは男の生き甲斐。この権助は話の分からねえ男じゃねえ。おめえは運がよかったな」

さんざん勿体《もったい》を付けてから、権助が仙太郎を案内したのは、諏訪藩邸の裏手に当たる、人影のない空き地だった。

芝増上寺《ぞうじょうじ》の広い寺域から、新堀川に掛かる将監橋を渡って、諏訪藩邸の壁に沿って真っ直ぐに進むと、長々と続く白壁の塀が終わったところが、芝西応寺《さいおうじ》の飛び地で、そこには町家を置かず、鬱蒼《うっそう》と繁る森のような場所になっている。

「ここは昼でも薄暗《ぐれ》え気味の悪いところだ。諏訪藩の江戸屋敷は、この奥に尻尾のような狭い敷地を持っている。むろん路地から見れば森の奥にあって、そこに藩邸の尻

尾があるとは誰も思わねえ。お屋敷の中から見ても、尻つぼまりの敷地は、松の樹が繁るお庭の遠景で、人が通り抜けるような場所ではねえ。どうやらこの抜け道は、先の殿さまが家臣には内緒で、お忍びで夜遊びに通った隠れ道らしい。使われなくなった小道に草は繁る、樹は枝を伸ばして視界を遮《さえぎ》る。これもお庭の借景《しゃっけい》と思って、誰も近づく者はいなくなる。御高祖頭巾を被った姿のいいお女中が、こんな淋しいところから現れたら、妖怪ではないかと恐れ慄いて、後をつけようなんて助平心は吹っ飛んでしまうぜ」

権助は多弁を弄《ろう》しながら、仙太郎を西応寺の飛び地に案内した。

時たま手入れはしているのだろうが、草は茫々に繁り、落ちた松葉も枯れ果てている。

飛び地の裏は町家になっていて、ギュウギュウに押し詰められた裏店が犇《ひし》めいているのに、ここだけは鬱蒼と繁る緑が放置されていた。

「足元に気をつけな」

権助が言うとおり、草地に足を踏み込むと、ふわふわとした頼りない足触りがする。落ち葉や枯草が、長い間に溜まって腐蝕《ふしょく》した柔らかな泥土の感触だろう。

ここで襲われたら、足の踏ん張りが利かず、体捌きも思うようにならないな、と仙太郎は剣士らしいことを考えた。

殺し屋が実香瑠をこの場所で襲おうとしなかったのは、そのためか、と仙太郎は思った。

西応寺の飛び地はすぐに尽き、だいぶ薄汚れているが、大名屋敷の白壁が見えてきた。

「そこの小門が忍び口さ。長いこと使ってねえから、蝶番《ちょうつがい》が錆《さび》ついて、開けるとギシギシと軋《きし》むので、深夜にその音を聞けば、臆病者は腰を抜かしちまうだろうぜ」

仙太郎は門扉《もんぴ》に手をかけて、前後に動かしてみた。

「危ねえ。何をするつもりだ」

権助が驚いて止めたが、仙太郎は相手にせず、門扉の隙間から邸内を覗いてみた。

小門の向こうにも、芝西応寺の飛び地と変わらない、荒れた庭園が続いている。

諏訪藩邸でも尻尾のような敷地は手入れされておらず、ほとんど人が近づかない場所になっているらしい。

「焦《あせ》るんじゃねえ。夜這《よば》いは暗くなってからするもんだぜ。おめえが惚れたのはどんな好い女か知らねえが、そういきり立たず、黙って夜まで待つんだな」

権助はしたり顔をして笑ったが、昼なお暗い不気味な場所から、早く逃げ出したいと思うのか、にわかに仙太郎を急き立てて、西応寺の飛び地から出たがっていた。

この小門を踏み破るのは造作もあるまい、と仙太郎は思った。

たとえ諏訪藩邸内で何が起こっても、いつでも踏み込める手立てが付いた、この権助という渡り中間、意外と役に立つ男かもしれない。

仙太郎がお礼を兼ねて、小粒銀をもう一つ渡すと、権助は急にぺこぺこして、

「夜中にお屋敷に忍び込んで、奥女中を盗み出すのは簡単なことじゃあねえぜ。よかったらあっしが、手伝ってもようござんすよ」

すっかりそうと決め込んでいるようだった。

「気持ちは有難いが、色ごとに人の手を借りては男が廃《すた》る」

笑って別れてから、芝金杉裏一丁目の安宿に帰ると、女忍びの掬水が、端然《たんぜん》とした姿勢を崩さず、いつ戻るのか分からない仙太郎の帰りを待っていた。

八

(時は巻き戻される)

「これで皆さんお揃いのようですね」

　仙太郎が空いていた席に着くと、厳《おごそ》かな顔に戻った御老女は、それでは本題に入りましょうかと切り出した。

　主賓格の渋川虚庵と洒楽斎、遅れて席に着いた猿川市之丞と津金仙太郎、そして取り持ち役の御老女初島が、円座になって向き合っている。

「渋川虚庵さまの計らいで、こうして皆さんに集まっていただいたわけですが、なぜ渋川どのがここに居られるのか、ご存じでない方もいらっしゃいますので、まず渋川どのから直接に、ここに至った経過を説明していただきましょう」

　座はにわかに静まって、主膳が語り始めるのを待った。

「そう改まられては話し難い。ここに掬水が新たに運んできた熱燗の大徳利がある。ちびちびと飲みながら、わしの話を聞いてくれ」

　主膳は磊落《らいらく》そうに笑ったが、これは話が長くなるという先触れだな、と洒楽斎は思っている。

　この顔ぶれを揃えたからには、主膳が語るのはそれほど気軽な話ではないだろう。

「それでは」

　主膳は咳払いして、

「おぬしたちは江戸に居て、国元の諏訪藩士たちが、どう動いているのかを知ることがなかった。まずその辺を押さえなければ、騒動の原因がどこにあるかは分かるまい」

まったくそのとおりだと思っても、それを口にする者は誰もいなかった。

「わしは湯の町下諏訪に住んでいる虚庵という隠者じゃ。興が趣けば絵を描き漢詩を詠むが、それはおのれの楽しみのためであって何の野心もない。名を捨て欲を捨て、風雅《ふうが》に遊んでいるはずの天龍道人が、なぜ小藩のお家騒動などに関わるのかと、ここに居られる鮎川数馬、いや洒楽斎どのにも言われたが、これもおのずからなる成り行きとして、素直に受け入れてゆくのがわしの流儀だと思っていただきたい」

「えっ」

一同は思わず声を呑んだ。

鮎川数馬とは、初めて聞く名前だった。

仙太郎と市之丞は、いつも天然流道場の奥座敷で一緒に飲んでいる仲間だが、互いに過去を語ることはなかったので、洒楽斎が捨てた名を知って驚いたが、目の前に本人がいるので、遠慮して顔には出さなかった。

芝金杉に張り付いていた津金仙太郎はともかく、師範代を務める乱菊と市之丞は、内藤新宿の奥座敷で、龍造寺主膳と洒楽斎が旧知の仲だったことを、本人から聞いている。

洒楽斎が語った龍造寺主膳は、騒動の陰に必ず龍造寺主膳あり、と言われた物騒な策謀家だというが、こうして本人に会ってみれば、暗い影を持つ男には見えなかった。

歳月は不思議な働きをする、と市之丞は思う。

甲賀の抜け忍となった市之丞が、在りもせぬ刺客の影に怯えていたように、洒楽斎もまた、過去の実像が歳月と共に肥大して、親しくしていた龍造寺主膳が、騒動を策謀する危険な男のように、思い込んでしまっていたのではないだろうか。

人の思いが、実在していたはずの歳月を、それと違ったものに変えてしまう。

過去を嫌悪したり、逆に美化してしまうのは、人の記憶にはそのような働きがあるからだろう。

人の本然は歳月によっても変わらない、と市之丞は一方で思う。

甲賀忍びの甲賀三郎が、旅役者の猿川市之丞になり、さらに天然流道場の師範代になっても、市之丞は市之丞として何ひとつ変わりはしなかった。

しかしそう思うようになったのは、歳月が人の思いを変えたからなのかもしれない。

洒楽斎も主膳も歳月によって変わったはずなのに、老境に足を踏み入れた男たちは、変わらないところだけを相手に見出し、昔も今と変わらないものと、あえて思い込もうとしているのかもしれなかった。

過去を封印したはずの洒楽斎が、かえって過去に縛られていることを、最近になって市之丞は気がつくようになった。

それは悪いことではない、と市之丞は思っている。

洒楽斎が洒楽斎となる以前の、鮎川数馬とはどのような人物だったのか、市之丞はもっと知りたいと思っている。

天然流の極意は、その先にあるような気がする。

鮎川数馬という本名を聞いて、師匠の封印された過去を知るための、手掛かりになるのではないかと思ったのは、しばらく道場に顔を見せなかった津金仙太郎だった。

奥座敷で語られた打ち明け話を聞いていないから、宝暦年間は親密に行き来していたという、洒楽斎と龍造寺主膳の関わりを仙太郎は知らない。

上村逸馬と牧野平八郎の動向が気になって、昼夜を問わず芝金杉に張り付いていたからだ。

仙太郎には、洒楽斎と知り合ったころの思い出がある。

洒楽斎に誘われて、春夏秋冬を深山幽谷《しんざんゆうこく》で過ごした濃密な日々のことを、仙太郎はいまも忘れない。

剣術にあこがれ、若年《じゃくねん》にして江戸に出た仙太郎は、知るかぎりの剣術道場を渡り歩いて、名のある武芸者に試合を挑んだが、一度として負けを知らなかった。

不敗の小天狗などと言われて、いい気になっていたが、そんな暮らしがしばらく続くと、剣の修行とはこの程度のものかと甘くみて、やる気を失ってしまうところだった。

そのため自暴自棄《じぼうじき》になっていたのか、大勢の武芸者たちが見守っている中で、仙太郎は模範試合の相手を叩きのめしてしまった。

仙太郎が上段から振り下ろした木剣は、勢い凄まじく、もんどり打って倒れた相手は、床板に叩きつけられてピクリとも動かなかった。

試合に立ち合っていた武芸者たちは、一瞬で凍り付いた。

頭の鉢を割られた男の額から、赤い鮮血が流れている。

木剣を寸止《すんど》めにしなかったのは、幼少のころから剣一筋に励んできた仙太郎が、名のある武芸者たちの力量を知って、剣とはその程度のものかと思って落胆《らくたん》し、そのため気持ちが荒《すさ》んでいたからだった。

誰もその場から動けなかった。

試合を見ていた中年の武芸者が、摺り足で怪我人に近づき、腰に下げていた手拭いを裂いて出血を止めた。

「頭蓋骨は案外に丈夫で、額の骨はことに厚く、滅多なことで割れはしない」

倒れた男の門弟たちが、わっと叫んで倒れた男に駆け寄ろうとすると、

「動かしてはならぬ。血が流れ出たからには、脳内に異常はあるまい。しばらくはこのまま見守ってやることだな」

男は門弟たちに介抱のやり方を教えた。

茫然《ぼうぜん》と立ち尽くしている仙太郎を睨みつけると、

「おぬし、ギリギリのところで手加減したな」

男は意味ありげに笑った。

「あの勢いで木剣を叩きつければ、間違いなく頭蓋骨が割れ、脳漿《のうしょう》が飛び散っているところであった。あれほどの際どい見切り、わしはこれまでに見たことがない」

これが放浪の武芸者洒楽斎と、剣に迷い始めた津金仙太郎の出会いだった。

「おぬしはまれに見る素質を持っているが、いまは精神的に伸び悩んでいるようだ。わしもおぬしと同じように、ときには野に伏し山に伏し、おのれの剣を極めようと修行している身だ。明日は江戸を離れて山に籠もる。よかったらおぬしも、わしと一緒

に山へ籠もって、行き詰まってしまった剣の先を、見極めてみようとは思わぬか」

江戸の剣豪たちに幻滅していた仙太郎は、渡りに舟と洒楽斎の誘いに乗った。

しかし剣術修行ということで山に籠もったのに、洒楽斎と立ち合っても手応えはなく、こんな弱い男を先生と呼ぶのも嫌《いや》になったが、洒楽斎には容易に乗り越え難い凄みがあって、仙太郎が師事してきた江戸の武芸者たちとは、一味も二味も違っていた。

洞窟に籠もって瞑想《めいそう》していた洒楽斎が、霊夢《れいむ》の中で天然流を開眼したとき、仙太郎はその場で入門を申し込んで一番弟子になった。

しかし相も変わらず、剣術の試合をすれば、洒楽斎は仙太郎より弱く、師事するというより、師匠の護衛役といった関係がいまも続いている。

しかし剣術に弱い洒楽斎は、これまで試合をしてきた剣豪たちや、不敗の小天狗と呼ばれた仙太郎には、及び難い何かを持っている。

それが何であるかを、解き明かすことが出来ないまま、最近では護衛役のようなことばかりを引き受けている。

しかし仙太郎は、そうすることが嫌ではない。

頼まれたわけでもないのに、面倒なことでも気軽に引き受けてしまうので、何をやっても暇人《ひまじん》の道楽と思われてしまう。

そうしたことを積み重ねることで、仙太郎にはなくて洒楽斎にあるものを、体得することが出来るのではないかと思っているが、それと察してくれているのは、剣術の弱い師匠の他には誰もいなかった。

及び難いのは先生が封印してきた過去だろう、と仙太郎はいまも思っている。

しかし師匠が切り捨てたはずの過去を、あえて聞き出すことは憚られた。

今日初めて、先生の本名を知った、と仙太郎はちょっと興奮している。

そのことに意味があるわけではない。

鮎川数馬とは、津金仙太郎に劣らず平凡な名前だ。

しかし、封印された洒楽斎の過去を知る手始めとして、なんらかの手掛かりにはなるはずだった。

仙太郎は剣の他には世俗的な望みを持たない男だった。

洒楽斎と出逢ったころは、剣術に対する思いも冷めかけていたが、洒楽斎と共に過ごした春夏秋冬の山籠もりで、まだまだ先があることを、思い知らされたような気がする。

道場で学ぶ型どおりの剣から、どこでも教えてくれない仙太郎だけの剣技を、みずからの手で創り出すことに、これまでにない喜びを見出すようになったのだ。

剣に幻滅していた仙太郎が、剣の面白さを知るようになったのも、酒楽斎という剣術の下手な剣術家と、巡り合うことが出来たからだろう。

しかしいまの仙太郎は、剣術とは別な世間に生きている。

賭博師や世間師との付き合いは、これまで天然のままに生きてきた仙太郎とは、ほとんど無縁な世界だった。

これも世間を知ることかもしれぬと、世間知らずで苦労知らずの仙太郎には、不可解ななりゆきを楽しむだけのゆとりがあった。

九

「まず地元のことから話そう」

主膳はまず酒で咽喉を潤してから、

「諏訪は竜神の恵みと怒りを受けている」

わけの分からないことを言い始めた。

「どういうことでござろうか」

主膳は酔っぱらっているのだろうか、宝暦のころは酒に呑まれるような男ではなかったが、と思って洒楽斎は問い質した。

「それは猿川どのに訊くがよい」

主膳は市之丞の顔を正面から見て、

「おぬしは諏訪に来たことがあるだろう。昨年の秋であった。ならば彼《か》の地で、甲賀三郎の伝説を聞いておろう」

何もかも見通しているようなことを言う。

「どうしてご存じで」

市之丞は驚いて問い返した。

「あのあたりで、おぬしのことを知らぬ者はいないぞ。猿川市之丞一座と銘打って、八劔《やつるぎ》神社の能舞台で、歌舞伎芝居を披露したであろう」

主膳は可笑しそうに、あっはははと笑った。

「もっとも、猿川市之丞一座の看板を掲げても、演じる役者はおぬし一人、他は豪華な衣裳を着けた歌舞伎好きの連中が、背景を彩っているだけの一人芝居であったが、なかなかに見応えのある舞台であった」

思わぬところで旧悪をバラされ、市之丞は冷や汗を掻いて抗弁《こうべん》した。

「あれは上諏訪の細物《ほそもの》問屋、嘉右エ門《よしえもん》さんが仕掛けた悪戯で、まあ旅費稼ぎのために、やむを得ず掛けた興行です。もうその話は勘弁してください」

　主膳は笑い止んで、

「いやいや、なかなか面白い趣向であった。薄闇の中に煌々《こうこう》と輝く篝火《かがりび》を焚き、赤い炎に照らされて、能舞台に浮かび出た名優市之丞の姿は、妖艶《ようえん》かつ幽艶《ゆうえん》で、秋の夜長を彩る一輪の華であった」

　どうやら本気で褒めているらしい。

「それではあの舞台を、御覧になったんですかい」

　市之丞は喜んだ。

　抜け忍狩りを恐れていたころは、舞台の上から観客のひとり一人を、敵か味方かと見定めていたが、八劔神社の興行では、観客の顔を確かめることを怠《おこた》っていたらしい。

「市之丞どの、おぬしは器用な男だな。内藤新宿の天然流道場では、師範代を務めていると聞いたが、芝居のほうもなかなかのものであった。じつはあのとき、諏訪藩家老の千野兵庫も、お忍びでおぬしの芝居を見ていたのだ。もっともあれはわしの策略で、蟄居閉門中で腐りきっていた兵庫を、無理やり八劔神社に誘い出して、日頃の憂《う》さを晴らしてやろうと思ったのだ」

　そういえば、宗十郎頭巾《そうじゅうろうずきん》で顔を隠した武家風の男が、観客の中に居たような気がする。

「御家老さまは、それでお元気になりましたか」

現金なもので、市之丞が心配そうに問いかけたのは、人気商売だった役者根性が、まだ抜けきっていないからだろう。

「むろん元気になった。兵庫が今回の蹶起に踏み切ることが出来たのも、あの時を境に気力を養ってきたからだ」

主膳は満足そうに微笑《ほほえ》んだ。

「ところで、わしはお追従《ついしょう》を言っているのではないぞ。おぬしがひとり芝居を演じた八劔神社には、およそ四百年余にわたる、諏訪湖の御神渡りの記録が残されているのだ。諏訪の竜神は甲賀三郎の化身、と言われていることは、上諏訪の嘉右エ門からも聞いたであろう。御神渡りの記録は竜神の記録じゃ。神は人の眼に見えぬが、竜神が諏訪湖を渡った痕跡は、御神渡りとなって氷上に刻まれる。竜神が諏訪の神なら、甲賀三郎伝説が始まったころから、御神渡りの記録は残されているのだ」

いくら剽軽者《ひょうきんもの》の市之丞でも、甲賀三郎はわたしです、などとは言えなかった。

「先ほどわしが、竜神の恵みと怒り、と言った意味が分かるかな」

主膳は一座を見渡した。

「分かる」

　洒楽斎は頷いた。

「諏訪湖は水が豊かで漁業が盛んなところだ。内陸の山国なのに魚貝類に恵まれて、鮒《ふな》やワカサギの名産地だという。さらに初代藩主頼水公のころから、諏訪湖の干拓が始められ、諏訪藩は名目三万石の石高だが、実質は五万石を超えるという。これは諏訪の神、すなわち竜神の恵みと言うべきであろう」

　主膳は満足そうに笑った。

「そのとおりだ。ところで竜神の怒りとは」

　主膳の問いかけに、洒楽斎は控えめに答えた。

「わしは諏訪に行ったことがないので、それと決めつけることは出来ないが、諏訪の盆地は四方を高い山々に囲まれ、とりわけ八ヶ岳連峰は広い裾野を持つという。いわば巨大な摺《す》り鉢《ばち》状の地形らしい。山々に降った雨は谷を走り下る幾筋もの急流となり、入り組んだ谷間ごとに、細流と細流が合流に合流を重ね、平地に至れば流れは太く穏やかに、すべての河川が諏訪湖に向かって、四方八方から流れ込むという。広い盆地に降る雨が一点に集まって、諏訪湖に溜まればどうなるか。しかも湖に流れ込む川は多いが、諏訪湖から流れ出る川は、天竜川《てんりゅうがわ》が一本あるだけという。当然ながら、雨季には諏訪湖が満水になって、いまは忘れられた太古の景観をあらわにする。そうなれば、新たに拓かれた岸辺では、冠水《かんすい》する土地も多いだろう」

主膳は会心の笑みを浮かべて、酒楽斎に酒を勧めた。

「さすがは数馬、いや酒楽斎。宝暦のころからいまに至るまで、頭の切れは衰えておらぬな。ところで、数年おきに襲う諏訪湖の冠水は、いずれも頼水公が岸辺に拓いた新田や、埋め土によって造成された町家ばかりじゃ。極端に言えば、本来の三万石を五万石に増やした分の土地が、諏訪湖の満水によって、遠浅の水底に沈んでしまうわけだ。昔のままなら水害は起こらない。鎌倉街道などの古道は、いずれも山裾に沿って、いまの甲州街道より高い所を通っている。水害に遭うのは人の手が入った新開地がほとんどだ。いわば新しい田圃の開拓や、賑やかな町場の発展によって、雨季と乾季による周期的な災害をもたらしているわけだ。緑にあふれていた往古の面影も、いまの諏訪からは望むべくもない。いにしえを慕う者は、景観の消滅を嘆くだろう。諏訪の神も嘆いているに違いない。数年おきに、諏訪湖は昔のような広がりを見せる。すなわち往古の景観が蘇るわけだが、住民からみれば被害は年ごとに酷くなる。これが竜神の怒りでなくて何だろう」

主膳の言い方には、風雅を楽しむ文人の、過ぎし時代への郷愁はあっても、荒れ地を開拓してそこに住み着いた農民たちへの、同情が足りないような気がする。

　酒楽斎は言った。

「おぬしの言い分を聞いていると、諏訪湖の水域がいにしえのように広がり、諏訪の地に美しい森と湖が蘇れば、諏訪の神が怒りを鎮め、精霊が住んでいた往古の諏訪が、戻ってくると思っているようだが、時の流れを逆行させることは出来ぬぞ」

　すると主膳は笑みを浮かべて、

「そこだ。諏訪大助と千野兵庫の施政には、その辺をどう対処してゆくかという方針の違いがある。大助は新田開発を奨励し、乞《こ》われれば重税を訴える古村に竿入れをして、収穫が少なければ年貢を軽くした。千野兵庫が筆頭家老になれば、新田を潰して年貢は定免法《じょうめんぽう》にして、奢侈《しゃし》を戒《いまし》めて倹約を奨励した」

　千野兵庫と諏訪大助が、交代して筆頭家老になるたびに、諏訪藩の施政は方向性を変えた、とかなり事細かに説明した。

「当然の成り行きとして、藩士たちにも諏訪大助を支持する二之丸派と、千野兵庫を支持する三之丸派が生じた。それを調停するはずの藩主は江戸にいて、年々顕著になってゆく国元の動きを知らない。諏訪の藩士たちは二派に分かれて、おのずから派閥を争うようになったのだ」

時代は武断《ぶだん》政権から文治《ぶんち》政治へと、大きく移り変わる時期にあった。

初代因幡守頼水、二代出雲守忠恒、三代因幡守忠晴、四代安芸守忠虎までは、藩主が国政を主導して、施政にも熱心だったらしい。

しかし、藩主が強権を発動していたのは二代忠恒までで、戦火から離れた時代に生きた忠晴と忠虎からは、家臣たちの意見を取り入れた穏やかな藩政に変わり、一方では殿さまは文化を好み、書画に親しみ、文人としての業績を残しているという。

五代忠林は養子で、京に生まれ育った人だった。

そのためか、京文化に心酔《しんすい》して田舎を嫌い、病弱だったせいもあって、参勤交代を休んで江戸屋敷に留まることが多く、藩政は二之丸家と三之丸家の両家老に任せた。

つまり、藩政は殿さまが独断で行うものではなく、重臣たちの合議によって運営されるようになったのだ。

六代目藩主となった忠厚は、諏訪へ国入りすることもなく、生涯を通じて江戸藩邸を離れなかった。

京文化に馴染んだ父親の薫陶《くんとう》を受けて、江戸生まれ江戸育ちの忠厚は、山間の諏訪などに行くのは、島流しにでもされるような気がしていたのかもしれない。

現に諏訪藩は流刑《るけい》の地で、徳川家康の六男で越後高田《えちごたかだ》藩七十五万石を領していた松平忠輝《ただてる》は、二代将軍秀忠《ひでただ》（異母兄）との確執で改易され、流刑地を転々とした末に、山国の諏訪へ配流《はいる》されて、高島城の南之丸廓《くるわ》に幽閉されたが、諏訪の温泉に入りながら詩文に親しみ、いわゆる文化人として九十二歳の長寿を全うしている。

江戸屋敷に籠もっている忠厚の殿さま暮らしも、流人《るにん》として生きた忠輝と似たようなものだろう。

藩政は家老主導の合議制で行われるので、藩主が口を出す余地はない。

殿さまは学問に遊び、芸事に親しんで政治には口出しをしない、という風潮が、いつのころからか定着していたのだと説明して、主膳はおもむろに一座を見渡した。

しばらく黙考していた洒楽斎は言った。

「話を聞いただけでは、諏訪大助の施政のほうが、領民にとっては良さそうに思えるが」

主膳は皮肉っぽい笑顔を見せた。

「そうなのだ。諏訪大助が筆頭家老になって、領民から乞われるままに竿入《さおい》れをしたり、新田開発の願いを許可すれば、大助さまは諏訪大明神の生まれ変わりだ、と村人たちは喜び、赤飯を炊いて祝ったという」

これでは主膳が、どちらに肩入れしているのか、分からないではないか、と洒楽斎は思った。

　わざわざ雑司ヶ谷の下屋敷まで、部外者を呼びつける必要があったのだろうか。

　酒楽斎は投げやりになって、

「それでいいではないか。何もおぬしが江戸に出張ってまで、窮屈な御家老と評判の悪い、千野兵庫を支援することはあるまい」

　主膳はにやりと笑った。

「ところが、そこに抜け穴がある。竿入れにしろ、新田開発にしろ、その願いを聞き届けてもらうために、多額の賄賂《わいろ》が動いている。大助は鷹揚に賄賂を受け取り、自分の懐《ふところ》に入れたという」

　大らかそうな大助が、意外とだらしないところを見せたわけだ。

「それはただの噂であろう。近頃の風潮を見ろ。幕閣を動かすためには、多額の賄賂が飛び交っているという。権勢家の田沼意次は、恬《てん》として恥じることなく、多くの賄賂が集まるのは人望がある証拠、と嘯いているそうではないか。いまのご時世では、賄賂は人を動かすために不可欠の潤滑油だと思われている。たとえ賄賂が使われても、結果が良ければ、多少のことは目を瞑ってもよいではないか」

　酒楽斎は皮肉を飛ばして、どっちつかずの主膳を揶揄った。

「そこが問題なのだ。大助はお城の二之丸で育った血筋の良いお坊ちゃんだ。金は便利に使えばよいのだと居直って、逼迫《ひっぱく》している藩財政のことなど、ほとんど気にしてはいないのだ。藩庫は底をついているらしい。いままでは藩士たちに借り米《まい》をして、その場限りの向こう預けで、財政難を凌いでいるという。借り米といっても、返せる当てのない借金なのだから、実際には藩士たちの減俸処分と同じことだ。俸禄の高い上士たちはそれでもよい。蓄えも存分に有るし、借り米などは些細《ささい》なことで、痛くも痒くもないだろう。しかし、下級藩士になるとそうはゆかぬ。毎日がギリギリのところで暮らしているのに、さらに収入を減らされては、文字どおり食うに食えなくなる。下級藩士たちの飢餓は、百姓町人よりも深刻らしい」

迂遠《うえん》に思われた主膳の話は、いよいよ本題に移るらしかった。

「限られた耕地から上がる税収は変わらない。だから大助は、新田開発を受け入れて、乞われれば即座に、許可を出しているのではないのか」

酒楽斎は皮肉を続けた。

「新田開発を願い出るのは、ほとんどが地元とは縁のない分限者《ぶげんしゃ》で、利を望み得を取ろうとする野心家ばかりだ。当然のことながら、開墾許可を得るには多額の賄賂が動く。潤《うるお》う者だけが潤って、開発が窮民を救うことにはならぬのだ。さらに問題なのは、新田開発は初代と二代藩主のとき、出来る限りの田畑を開墾《かいこん》しているので、いま新しく拓《ひら》くとしても、水回りの悪い不毛の地しか残されていないのだ。水田を潤す水には限りがある。古村と新田村の間には熾烈な水争いが起こる。下手をすれば殺し合いにもなり兼ねない。二之丸派の連中は、目先の賄賂に目がくらんで、そこまで頭がまわらないのだ」

これは宝暦のころも繰り返された議論だな、と洒楽斎は思う。

「おぬしの話を聞いていると、諏訪の騒動は、有力者の派閥争いではなく、特権層と貧困層の対立という図式になりそうだが」

宝暦のころもそういう話が出た。

しかしあのころはまだ、機が熟するまでには遠すぎた。

「そのとおりだ。あるいは世間知らずの殿さまを誑《たら》し込んで、甘い汁を吸おうとする佞臣たちと、逼迫した藩財政をなんとか引き締めようと思っている、ある意味では生真面目な、またある意味では融通《ゆうずう》の利かない連中との、藩体制を変えるための争いと言ってよい」

主膳は主膳なりに、かなり距離を置いた見方をしているらしい。

すると、それまで黙って聞いていた初島が、それです、と言って口を挟んだ。

「それです。芝金杉の藩邸では、佞臣どもが殿さまを取り込み、邪魔になる奥方さまを追い出してしまったのです。それからは渡邊助左衛門、近藤主馬、上田宇次馬などの佞臣たちが、江戸藩邸をわが物顔に壟断《ろうだん》し、いまでは筆頭家老の諏訪大助どのも、影が薄くなっている有様です」

聞いて洒楽斎は首を傾《かし》げた。

「あの者たちは、いずれも禄高が低かったと聞いている。虚庵どのが言われる、特権層と貧困層の争いという図式とは違うのではないかな」

主膳はかっかっかと笑った。

「あの連中は下士ではないが、どう足掻いても上士とは言えぬ。場合によっては、どちらにも付き得るような浮遊層だ。目先の利を求める節操《せっそう》のない連中は、あのような浮遊層には多いらしい」

逃亡の果てに諏訪へ流れ着き、世俗を離れて風雅に遊んでいると言い、すべてに達観《たっかん》しているかに見えた主膳は、やはり宝暦、明和の事件、さらに遡って、龍造寺遺臣に担がれ、肥前鹿島藩主になりそこなった少年期の事件を、いまも引きずっているのだ、と洒楽斎は思った。

これまでの主膳は、騒動に関わってもすべてが失敗してきた。

失敗の原因や躓《つまず》きは何処にあったのか、いまは主膳も分かっているはずだった。敗北に敗北を重ねてきた龍造寺主膳が、晩年を迎えたいまになって、いまだに策謀を廻らしているとしたら、負けに負けが続いた生涯で、せめて最後だけでも勝ち組にまわりたい、という痛切な思いがあるからに違いない。

こんどは勝てるだろう、と酒楽斎も思う。

どんな手を使って主膳が勝ち残るのか、酒楽斎に興味がないわけではない。

よし、この話は乗った、と酒楽斎は突然に思った。

天然流が、放浪を重ねてきた酒楽斎の到達点なら、心ならずも騒動の渦に巻き込まれ、負けに負けを重ねてきた主膳が、どのようにして勝ち組にまわり、勝つことによって何を得るのかを見極めてみたい、と酒楽斎は思った。

この騒動に関わることは、天然流を極める試金石《しきんせき》になるだろう、という思いも酒楽斎には強い。

よし、天然流道場の総力戦だ、と酒楽斎はひとり意気軒昂《いきけんこう》としている。

どちらに与《くみ》するかを決めたわけではない。

酒楽斎は派閥争いということが好きになれない。

派閥として争うから歪みが出るし狂《しょう》いも生ずる。

見極めること、状況を見て人を見て、事件の本質を見極め尽くすこと。それが天然流の修行になると見定めれば、雑駁な内藤新宿に道場を開いて、さまざまな弟子たちの相手をしてきた洒楽斎にとって、これは最後の仕事になるということか。

風雅に遊んでいた龍造寺主膳が、諏訪藩のお家騒動に乗り出したのも、同じような思いからではないだろうか、と洒楽斎は思った。

洒楽斎は背筋を立てて座り直すと、慇懃《いんぎん》な声で宣言した。

「この話を請けることに決めた。これからは本音のところで語り合おう」

どこか鬱屈していた洒楽斎が、いまはすっきりとした表情に戻って、龍造寺主膳と御老女初島の顔を交互に見た。

「やっと決心してくれたか。おぬしが味方とは頼もしい」

主膳は嬉しそうに頷いた。

「味方になるか敵になるかは分からない。わしはただ見極めてみたいのだ。それがおぬしが知っている鮎川数馬であろう。もうひとつ言っておきたいのは、どのようなことになっても、おぬしを裏切るようなことはしないと約束する。これだけは肝に銘じてもらいたい。わしが求めるのは真実だけだ。それはわしの真実であって、おぬしの真実ではないかもしれぬ。人の数だけ真実はあるのだから、それぞれ違っているのは当たり前のことだろう。わしはおのれの気持ちに誠実でありたい。そのためには、あらゆる事象を見極めなければならぬ。憶測で決めつけることや、命令されるままに動くことは今も昔も大嫌いだ。さよう心得ておいてもらいたい」

龍造寺主膳は豪快に笑った。

「分かっておる。鮎川数馬とはそういう男だ、と思っているからこそ、ここにおぬしを呼んだのだ」

初島は気のせいか頬を染めて、頼もし気な顔をして洒楽斎を見ている。

津金仙太郎と猿川市之丞も、眼を輝かして頷いている。

この連中は、どこまでもわしと行動を共にするつもりでいるらしい。

龍造寺主膳と御老女の初島は顔を見かわして、これから事件の核心について語ろうと、確かめ合っているのだろう。

洒楽斎の胸には、久しぶりの闘志が湧いてきた。

時代小説
二見時代小説文庫

竜神《りゅうじん》の爪《つめ》 天然流指南《てんねんりゅうしなん》2

二〇二二年 八 月二十五日 初版発行

著者 大久保智弘《おおくぼともひろ》

発行所 株式会社 二見書房
〒一〇一-八四〇五
東京都千代田区神田三崎町二-一八-一一
電話 〇三-三五一五-二三一一 [営業]
〇三-三五一五-二三一三 [編集]
振替 〇〇一七〇-四-二六三九

印刷 株式会社 堀内印刷所
製本 株式会社 村上製本所

落丁・乱丁本はお取り替えいたします。定価は、カバーに表示してあります。

 ISBN978-4-576-22111-3
https://www.futami.co.jp/

大久保智弘

御庭番宰領

シリーズ

完結

①水妖伝
②孤剣、闇を翔ける
③吉原宵心中
④秘花伝
⑤無の剣
⑥妖花伝
⑦白魔伝

「生きていくことは日々の忘却の繰り返しなのか」——無外流の達人鵜《う》飼《かい》兵馬《ひょうま》は〃公儀隠密の宰領〃と〃頼まれ用心棒〃として働く二つの顔を持つ。公儀御用の務めを果たし、久し振りに江戸へ戻った兵馬に、早速、用心棒の依頼が入った。呉服商葵屋の店主吉兵衛からである。その直後、番頭が殺され、次は自分の番だと言う。そしてそれが、奇怪な事件と謎の幕開けとなって……。